B급을 사랑한
춘천의 간서치

B급을 사랑한 춘천의 간서치

김현식

유고집

유고집을 엮으며

산문집 『우리 동네 현식이 형』(달아실, 2021) 서문에 이렇게 쓴 바 있습니다. "이것은 여시아문(如是我聞)입니다. 그러니까 제 이야기가 아니라 '촌철살인' 하면 둘째간다 해도 서러울 우리 동네 현식이 형의 이야기입니다. 형에게 들은 것을 다만 글로 옮겼을 뿐입니다. 제가 그동안 살펴본 우리 동네 현식이 형은 세상을 바라보는 참 독특한 시선을 가진 사람입니다. 세상을 이해하는 참 독특한 방식을 가진 사람입니다. '그런 독특한 시선으로 세상을 한 번 바라보면 어떨까. 그런 독특한 방식으로 세상을 이해하면 어떨까. 그동안의 세상과 또 다른 세상을 간접 경험해본다면 어쩌면 그만큼 세상이 조금은 넓어지지 않을까.' 그런 마음으로 이 책을 세상에 내놓습니다."

당시 현식이 형에게 10년 후에 후속편을 내겠다고 약속했는데, 야속하게도 그새를 못 참고 형이 세상을 떠났습니다. 후속편 대신 이렇게 형의 유고집을 묶게 될 줄은 꿈에도 몰랐습니다.

김현식 형과 월간 <태백>을 만들던 시절, 달아실미술관 옆 '그빵집(그림같은 빵집)'에서 자주 책과 문학에 관한 이야기를 나누곤 했습니다. 그러다 입이 심심해지면 '그빵집' 건너편 호두나무 아래에서 담배를 피우곤 했는데, 그때 형에게 들었던 김추자와 호두나무에 얽힌 이야기를 월간 <춤>(2026년 1월 호)에 실었더랬습니다. 여기에 일부를 옮깁니다.

"너 호두가 왜 호둔지 알아? 호두를 한자로 쓰면 호도(胡桃)야. 오랑캐 복숭아란 뜻이지. 후추는 본래 오랑캐 산초나무란 뜻의 호초(胡椒)가 변한 말이고,

호밀은 오랑캐 밀이고, 호떡은 오랑캐 떡, 호빵은 오랑캐 빵이야. 알겠니?"

골동품이며 고서적이며 장난감이며 엘피판이며 아무튼 남들이 거들떠보지 않는 만화책부터 B급 잡지까지 수십 년 동안 수만 점을 수집해온 수집가이고, 하루에 서너 권의 책을 읽고 한시도 손에서 책이 떠나지 않았던, 춘천의 간서치(看書痴)라 불렸던 형은 정말로 어떤 분야를 이야기하든 모르는 게 거의 없었습니다.

"원래 한국 토종 호두나무는 가래나무야. 아까도 얘기했지만 호두나무는 중국에서 들어온 가래나무라 해서 호두라 부른 것이고. 가래나무 열매를 추자(楸子)라고 부르고 호두나무 열매를 당추자(唐楸子)라고 부르는 것도 그런 이유인 거야. 이 무식한 놈을 편집장으로 앉혔으니 나도 참 답답하지."

그러고는 형하고 한 동네 살았다는, 형보다 4년 위였다는, 고등학교 때 기계체조 선수였고 그때부터 노래를 기가 막히게 불렀다는, 동네 누나 김추자 이야기가 이어졌습니다.

"추자 누나가 이름이 추자잖아. 기분 좋으면 호두 누나, 기분 안 좋으면 가래 누나로 불렀잖아. 근데 어느 날 최고의 가수가 될 줄 그땐 몰랐지."

현식이 형은 김추자가 지금까지 낸 거의 모든 앨범(엘피판)을 가지고 있었는데, 사람들은 형이 수집가로서 김추자의 앨범을 모은 것으로만 알 뿐입니다.

사람들은 형과 추자와 호두에 얽힌 이야기는 결코 알지 못할 겁니다. 호두(나무)를 이야기하는데, 이렇듯 현식이 형과의 추억을 늘어놓는 까닭은 올 4월 21일이 형이 세상을 떠난 지 꼭 1년 되는 날이기 때문입니다. 형이 떠났다는 사실이 아직도 믿기지 않은 까닭입니다. 당분간은 호두 하면 현식이 형이 떠오르고 김추자가 떠오르는 건 어쩔 수 없을 듯합니다.

지난해 4월 19일 금요일 저녁, 형에게 전화가 왔습니다.
"월요일에 약속 있냐?"
"아니요. 왜요?"
"그럼 저녁 시간 비워도. 6시에 보자."

이번에도 형과의 약속을 끝내 지키지 못했습니다. 저녁 먹자던 4월 21일 월요일 새벽, 무정한 형은 홀로 먼 길을, 다시는 돌아오지 못할 길을 떠났기 때문입니다.

그러고 보면 형과 나는 약속을 참 많이도 했습니다. 『독종과 별종』 후속작을 내자던 약속, <소설가가 쓴 시집>을 내자던 약속, 백만 부쯤 팔릴 우화집을 써서 달아실출판사 사옥을 새로 지어 북카페를 내자던 약속… 일일이 열거하기도 힘들 만큼 많은 약속을 했는데, 그 어느 하나도 형의 생전에 지키지 못했습니다.
정작 약속하지 않았던 형의 유고집을 묶는다니, 아이러니도 이런 아이러니가 없습니다. 역설도 이런 역설이 없습니다. 그러니 형은 나에게 살아서도 참 나쁜 형이고, 죽어서도 참 나쁜 형입니다.

그런 나쁜 형이 생전에 남긴 글들, 일부를 모아 이렇게 유고집으로 묶습니다. 얼굴책(페이스북)에 남긴 산문(散文)을 통해 형이 왜 간서치인지, 형이 어떤 간서치인지 생각해볼 수 있으면 좋겠습니다. '노영무'라는 필명으로 남긴 운문(韻文)을 통해 형이 바랐던 형의 시 세계를 음미해주셨으면 좋겠습니다. 발행인의 편지를 통해 형이 꿈꿨던 문화예술을 함께 꿈꿀 수 있었으면 좋겠습니다.

하마, 형은 갔지마는 우리는 형을 보내지 아니하였습니다. 제 곡조를 못 이기는 형의 문향은 언제까지나 우리를 휩싸고 돌 테지요.

2026년 4월 21일
문장수선공 박제영 올림

차례

1부

간서치의 얼굴책

김현식 형이 2023년 1월 1일부터 2025년 4월 15일까지 얼굴책(페이스북)에 올린 글들을 추린 것이다. 간서치의 면모를 유감없이 보여주는 짧은 글들이다. 어떤 것은 우화 같고, 어떤 것은 낙서 같고, 어떤 것은 일기 같은데, 폐부를 찌르고 심금을 울리는 촌철살인의 글이란 점에서는 일맥상통한다. 글을 싣는 순서는 최근 날짜순이다.

거북이와의 달리기 연례행사 도중 잠시 쉬러 그늘을 찾은 토끼에게 자빠져 있는 거북이가 눈에 띄었습니다.

"아저씨, 여기서 뭐 하세요?"

"보면 몰라? 쉬고 있는 거? 남들은 엎어진 김에 쉬어간다지만 우린 늘 엎드려 있으니 자빠진 김에 쉬는 거지."

"보아하니 꽤 오래전부터 그러고 계신 것 같은데 배는 안 고프세요?"

"전혀! 빗물도 받아먹고 또 숲속 친구들이 벌레랑 열매들도 갖다줘서 잘 지내고 있지."

"제가 덩치가 작아서 혼자서는 거북 님을 뒤집을 수 없으니 곧 친구들이랑 다시 올게요."

"어이, 이봐. 끔찍한 소리 하지 마. 좀 더 쉬고 싶으니 그리 알게."

"네. 알겠습니다. 그럼 이만."

"어이, 어이! 잠깐만 궁금한 거 하나만 알려주고 가게."

"?"

"저기 88올림픽은 잘 끝났나?"

2025년 3월 29일

- 다오얼링, <이렇게 읽을 거면 읽지 마라>(알마, 2017)
- 채사장, <지적 대화를 위한 넓고 얕은 지식>(웨일북, 2020)

자주 만나지는 못하지만 늘 마음에 두고 있는 언론 쪽 친구를 만나러 가는 김에 책 두 권을 챙겼습니다.

＊

오래전에 누군가에게 감명 깊게 읽은 책들을 선물하려다 힐난을 받은 생각이 납니다.

"뭐야, 물질로 내 환심을 사려는 거야?"

환심을 사려 했던 것은 맞기에 할 말이 없지만 책을 '물질'로 받아들이는 바람에 그만 그 마음마저 사그라들더군요.

＊

책도둑과 꽃도둑은 도둑이 아니라고 하죠. 그럼 책 장사, 꽃 파는 소녀는 장물아비인가, 아리송해집니다.

오늘 저는 졸지에 의적이 되는 건가요?

일지매는 매화 가지를 남겼다는데….

＊

"누구나 알지만 아무도 읽지 않는 책" 고전을 이렇게 정의한 사람이 누구였는지 영 기억이 안 나네요.

한참 쇠질을 하는 중간에 예의 습관대로 책에 고개를 처박고 있는데 아저씨 한 분이 어깨를 툭 건드리더니 창가로 오라 합니다.

"책도 좋지만 이런 날씨에는 강도 보고 산도 보고 하늘도 보시는 것도 좋습니다."

하시더니 저 나무가 뭔지 아냐고 묻기에 모른다 했더니 비술나무라 하며 그 생태에 대해 자세한 설명을 해주십니다.

몇년을 지나치며 무심했던 나무의 이름을, 이름이 있다는 것을 처음 알았습니다.

고맙습니다!

*

운동 중간에 마시는 음료를 보면 세대를 뚜렷이 알 수가 있죠. 여성들이나 중년층은 대개 생수이고 저는 스포츠 이온 음료를 애정합니다. 아주아주 특이하게 이 아저씨는 결명자차를 드시네요. 내친김에 젊은 친구들 것도 살펴봤지만 도통 알 수가 없네요. 죄다 텀블러를 갖다 놓았으니…. 단백질 보충제가 들어간 우유가 대부분이겠지만 혹시 아나요? 커피나 와인, 혹은 막걸리가 들어 있지나 않을까 발칙한 상상을 해봅니다.

그냥저냥 어쩌다 보니 봄날은 왔네요.

2025년 3월 20일

- 리쿤우, 필리프 오티예, <중국인 이야기 1~3 합본판>
  (아름드리미디어, 2017)

먼저 말풍선 안의 대사와 지문 위주로 읽어 전체적인 스토리를 파악한다. 다음에는 그림을 꼼꼼하게 살펴가며 감상한다. 마지막으로 이 둘을 눈과 마음에 함께 담아가며 제대로 본다. 그리고 누구에게 주던가 소장본 서가에 꽂아두고 다음에 다시 꺼내어 본다.

대략 만화, 코믹스, 그래픽 노블, 그림책(畵書)을 접하는 나름의 방식입니다. 물론 처음 한두 단계를 못 버티고 폐지수거함으로 직행하는 것들이 대부분이지만요.

740쪽에 달하는 이 그림책(畵書)은 삼 단계를 넘어 제 곁을 지킨 지가 제법 오래되었습니다. 앞으로도 그러할 소중한 친구입니다. 대륙을 알고 싶은 분들께 '강강추'는 물론이고요.

요즘 완전 복습 무드임을 신고합니다. 제 어쭙잖은 중국어의 기본교재는 <노부자(老夫子, Old Master Q)>였음을 고백합니다.

- 시드니 민츠, <설탕과 권력>(지호, 1998)
- 윌리엄 더프티, <슈거 블루스>(북라인, 2006)

설탕은 달콤함에 더해 그 중독성이나 후유증의 심각성 등등 권력과 유사한 점이 매우 많죠.

16세기 유럽에서 노예무역에 기대어 설탕 생산이 늘어 일반인들도 접하기 쉬워지기 시작할 때 수요를 늘리기 위해서 설탕을 접해보지 못한 사람들을 유혹하기보다는 그 단맛을 아는 이들의 소비를 늘리게 하는 것이 훨씬 수월했다고 합니다.

설탕이야 생산을 늘리거나 대체품을 개발하면 된다지만 권력은 그럴 수도 없으니….

사실 책의 주된 내용은 이런 얘기는 아닙니다. 다만 권력의 난리 블루스를 보고 있자니 슈거 블루스는 블루스 축에도 못 낀다는 생각이 드네요.

갑자기 마음이 동해 운동시간을 앞당겨 일찌감치 쇳덩이 놀이동산에 왔습니다. 매일 이 시간에 오는 듯한 2인조가 열심히 쇠질을 하고 있네요. 기합 소리와 비명 소리가 그치지 않는 것을 보니 오늘은 중량을 올려 극한의 과부하 운동을 하는가 봅니다. 타겟은 어깨 부위더군요.

"아 어지러워. 목이 다 뻣뻣해지네."
잔뜩 찡그리고 세트를 마친 녀석이 친구에게 말합니다.
"난 눈도 안 보여!"
잠시 후 '목 뻣뻣'이 얘기하네요.
"어우! 이젠 나도 안 보여!"
보다 못한 내가 한마디 했습니다.
"중량치다가 힘들어 인상 쓰면 눈이 감겨서 그런 겁니다. 앞에 거울 좀 봐봐요."

절대 체육관에서 말을 섞지 않는데, 오늘은 어쩔 수가 없었습니다.

- 나카무라 가즈에, <지상의 식사-국경 없는 식욕의 향연>(작은씨앗, 2014)
- 아베 야로, <심야식당 × 단츄-한밤중에 위험한 레시피>(미우, 2012)
- 히가시무라 아키코, <미식탐정 아케치 고로 1~10>(문학동네, 2024)

"potatoes and point"(감자만으로 된 식사)라는 말은 아일랜드에 전해오는 이야기입니다.

성인 남성 기준으로 하루에 6kg의 감자뿐인 식사를 했던 가난뱅이들은 식탁 위에 소금에 절인 돼지고기를 매달아 놓고 한 번씩 쳐다보며 삶은 감자를 먹었다고 하죠.

문득 자린고비는 왜 헐한 간고등어 대신 값비싼 굴비를 썼을까 궁금해집니다.

온갖 음식 포르노가 범람하는 시대에 김치 없이 라면을 삼키며 쓰잘데기없는 생각을 다해봅니다.

<정선아소(精選雅笑)>라는 중국 만담집에도 비슷한 이야기가 있다고 해서 무얼 매달아 놓고 어떤 걸 먹었는지 궁금해 아무리 뒤져봐도 찾을 수가 없네요.

혹 아시는 분 계신지요?

겨우내 마음이 궁색했던 탓으로 근 두 달여 만에 쇠질을 하러 왔습니다.

몸도 따라서 옹색해져 체중은 5%가 빠지고 최대 중량은 10%가 줄었네요.

반소매의 계절이 가까워지면 체육관이 북적이는 것은 연례행사지만 오늘따라 런닝머신들이 바쁩니다.

전에는 없던 진실의 방이 생겼네요. 누군가 스티븐 킹의 「금연주식회사」에서 영감을 받아 다이어트나 몸만들기에 이를 차용한 것은 아닌지요.

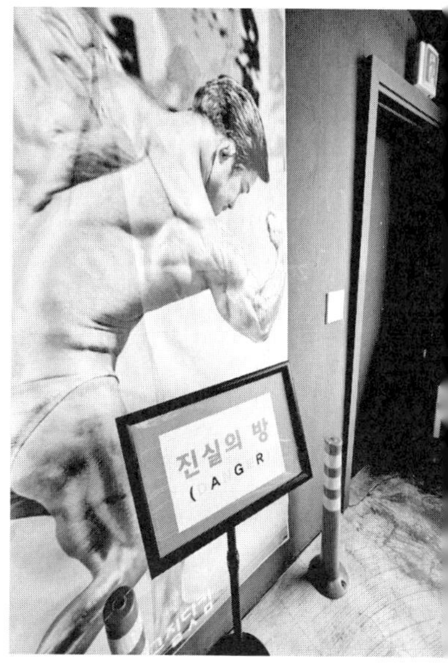

저는 DANGER를 설핏 ANGRY로 읽었습니다.

괜시리 혼자 성이 나서 열심히 들고 밀고 당기느라 두 시간을 훌쩍 넘기고 갑니다. 잃어버린 두 달을 한 달 안에 반드시 찾아 메꿀 각오를 합니다.

환한 햇살을 받고 출발해서 갑자기 쏟아지는 세찬 빗줄기를 헤치고 짙은 안개를 가르며 무려! 한 시간에 걸쳐 모슬포 방어축제거리에 왔습니다.

섬사람들은 '못살포'라 한다죠. 워낙 바람이 드세어 사람 살 곳이 못 된다나요.

한자 문화권인 일본이나 대륙에 다닐 때면 거리의 간판들을 보며 단어공부를 했는데 여기도 만만치 않습니다.

우렝이, 메옹이, 물꾸럭…. 저는 하나도 못 맞추고 말았습니다. 각각 골뱅이, 소라, 문어의 현지어라네요.

덤으로 오래전 외워두었던 저의 최애 해장국을 알려드립니다.

바로 '구살국'이죠. 성게알을 넣어 끓인 시원한 미역국! 전날에 과음하지 않은 것을 후회하게 만드는 마법의 음식입니다.

2025년 2월 28일

섬 소녀작가의 졸업전시 관람차 모처럼 바다를 건넜습니다.

바다를 보면 쏟아내려던 말이 잔뜩 있었는데 막상 마주하니 아무 생각도 떠오르지 않고 말문도 막혀 그저 바람 소리, 파도 소리만 듣고 왔네요.

작가의 자화상과 뒷모습이 하는 얘기는 천천히 곱씹어보아야 하겠습니다.

전시 주제는 '몸'이라네요. 몸이 전하는 이야기라⋯.

오늘따라 바다가 유난히 조신했다는 소식을 전합니다.

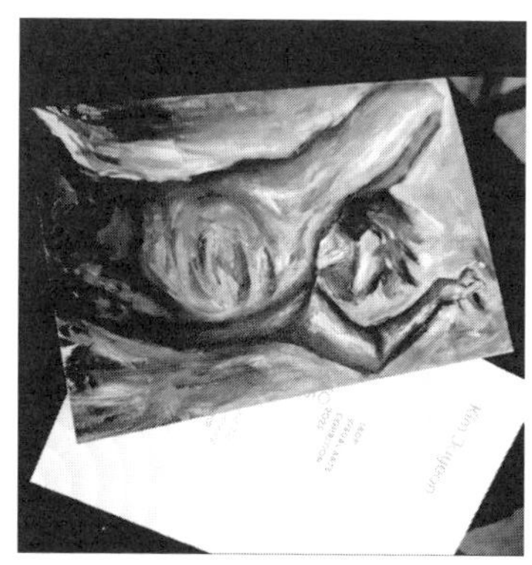

통증을 잘 못 느껴 맹장염인 줄 모르고 버티다가 큰 수술까지 받았던 경험이 있던 터라 얼마 전부터 왼쪽 상복부가 뜨끔뜨끔해 겁이 나 이런저런 검색을 하다가 병원을 찾았습니다.

"1번 고객님, 1번 진료실로 오세요!"

예전엔 "아무개 환자님!" 하던 것이 이렇게 바뀌었네요.

그렇죠. 무죄추정의 원칙이 맞습니다. 진료도 하기 전에 환자라고 하면 안 됩니다. '무병추정의 원칙'을 주장합니다.

혈압이나 당수치, 병력도 묻지 않고 방사선 사진만 보고 젊은 원장이 내려준 처방.

"내장기관엔 특이점이 없고요, 그냥 갈비뼈 끝에 금이 가 연골에 염증이 생긴 것 같네요. 별거 아닌 거 같으니 일단 오일치 약을 드셔보고 나아지지 않으면 다시 오셔서 정밀진단이라도 해보시죠."

혹시 술이라도 마시면 안 된다는 등 엄한 주의사항을 들을까 봐 냉큼 인사하고 나왔습니다. 그넘의 유툽인지 뭔지 식자우환이고 아는 게 병, 맞습니다. 괜시리 '별것도 아닌' 거로 며칠 마음만 뒤숭숭했습니다.

*

1980년대 초까지만 해도 아파트 분양광고에 버젓이 "식모방 있음"이란 문구가 실렸었습니다. 더욱이 1960년대 통계를 보면 서울의 단칸방에 사는 가족의 40% 이상이 식모를 두고 있었다 합니다. 놀랄 일도 아닌 것이 당시에는 시골에 사는 먼 친척의 입이라도 하나 덜어주는 것이 '출세하여' 서울로 간 집안의 일원이 당연히 받아들여야 할 의무쯤으로 간주되었기 때문이죠.

식모, 가정부, 파출부, 가사도우미 등으로 변천해온, '식모'라고 하면 떠오르는 기억들이 있습니다. 희극배우 구봉서 주연의 <남자식모>라는 영화와 전양자가 주연인 <새엄마>라는 드라마에서 나중에 <영자의 전성시대>로 톱스타가 된 염복순이 식모로 데뷔한 일이죠.

공기청정기 필터를 갈아주러 온 아주머니가 "현관에서 여사님을 오랜만에 만났어요." 하기에 떠오른 단상들입니다. 일주일에 한 번 빨래나 청소를 도와주러 오시는 그 여사님은 막상 제게 메모를 남길 때 자신을 '도우미 아줌마'라고 하십니다.

씻기고 먹이고 기저귀 갈아주고…. 일찍이 초고령사회에 접어든 일본의 교도관들이 하는 일상업무의 대부분이 이렇답니다.

오갈 데 없는 노인들이 부족한 보호시설에도 못 가고 자발적 범죄자가 되어 스스로 감옥에 가는 일이 늘어가고 있기 때문이죠.

특히 여성들이 많답니다. 일단 수감되면 의식주는 물론 의료서비스까지 받을 수 있고, 노숙자 폭행 등 범죄로부터 안전한 데다가 감방 동료들과 사회적 관계망까지 이룰 수가 있어 심지어는 비용을 낼 테니 내보내지 말아달라는 사람들까지 있다죠.

하지만 제 생각엔 그들이 제일 두려워하는 것으로부터 벗어날 수 있는 전적으로 확실한 길이라는 믿음이 가장 중요한 이유가 아닐까 합니다.

세상에서 가장 슬프고 외로운 떠남, 바로 고독사가 두려워서가 아닐까요?

2025일 1월 25일

문득 궁금해집니다.

담배를 안 피우는 사람은 혼자 마실 때 도대체 무엇으로 술동무를 삼을까?

단음(單飮)하는 이들은 온갖 동무들을 차려 놓던데. 단음(斷飮)하는 분들은 말할 것도 없고.

슬슬 혼음(飮)이 아니라, 混飮, 渾飮, 昏飮이 되어갑니다.

'훈민정음 만세!'입니다.

주민정음(酒民正飮)인가?

태어나 처음으로 집에서 혼자 쏘맥을 말았습니다. 아니, 엄밀히 따지자면 정녕 혼자는 아니네요. 같이 사는 녀석이 슬금 다가와 눈치를 살피더니 기어코 이게 뭔일인지 궁금해 하늘을… 그래봤자 천장이지만… 어디가 무너졌나 고개를 들어 살핍니다.

희망이란 녀석은 몸피에 비해 날개가 연약해 미처 날아가 버리지도 못하고 상자 구석에 처박혀 있다가 움켜잡으니 그나마 껍질마저 연해 그저 와작 부서져 버리더군요.

오늘은 판도라가 많이 밉습니다.

- 몰리에르, <상상병 환자>(창비, 2017)

천재는 99%의 노력과 1%의 영감으로 이루어진다고 한 에디슨은 어릴 때부터 납득이 갈 때까지 집요하게 질문을 해대 선생님들이 무척 어려워했다죠.

그가 텅스텐으로 만든 필라멘트를 장착한 전구를 발명할 때까지의 수많은 시행착오는 그가 99% 이상의 노력가임을 말해줍니다. 이에 더해 부화를 하려고 알을 품었다는 널리 알려진 이야기와 더불어 그가 새를 관찰하다 행했다는 실험을 보면 바로 그 1%의 영감을 알 수 있죠.

새처럼 벌레를 먹으면 날 수 있을까 생각한 그는 이를 실행에 옮겼답니다. 벌레들을 잡아 형체를 알 수 없게 짓이겨서 그의 '천재적 영감'대로 이웃집 어린 여자아이에게 먹였습니다. 결국 그 아이는 병이 들고 말았다는 슬픈 결말…

섬 소녀의 방.

"이게 무슨 냄새지? 무슨 향 피운 거니?"

그러자 천연덕스럽게

"전담 냄새야."

"너 전자담배 피워?"

"그래도 몰래 피우는 거보단 낫지 않아? 이제 대학생 되는데 쫌 펴볼라구."

어느새 다가와 듣고 있던 섬 아낙이 와락 다가와 아이의 손을 잡아 끌며 버럭합니다.

"너 담배를 다 피운다구? 나와봐! 엄마랑 막걸리 마시면서 얘기 좀 하자!"

둘이 식탁에 앉아 술잔을 나누며 진지하게 흡연에 대해 대화를 나누는 꼴을 보니 천상 제가 편의점엘 한 번 더 다녀와야 할 추세입니다.

- 티머시 스나이더, <폭정-20세기의 스무 가지 교훈>(열린책들, 2017)

안정된 사회일수록 그 양극에 있는 구성원들 간의 간극이 좁다 하죠. 빈부, 교육, 이념, 의료, 복지 등등….

언젠가 법(法)을 '하는' 이들 자리에 끼었다가 그들이 하는 말 중에 절로 끄덕이게 하던 구절이 잊혀지지 않습니다.

"보수는 법을 잘 이용하고 진보는 법을 아예 무시한다."

그쪽에서는 오래전부터 자주 회자되는 경구라지요. 어쨌거나 법을 대하는 태도에서는 이제 양 진영이 조금도 다를 바 없을 만큼 가까워졌습니다. 선진국으로 가는 길을 성큼 줄여놓았다고 고마워해야 할까요?

*

어쩌다 보니 작심삼일이 다섯 번째로 들어섰기에 나름 뿌듯한 마음으로 의기양양하게 섬 아낙에게 소식을 전했습니다. 그랬더니 내 앞에서는 살갑지는 않더라도 그저 그러저러하던 섬 처녀가 이따위로 뒷담화를….

(섬 아낙) 우리 애기는 엄마 말고 아빠 보고 배워. 아빠 새해 들어 술 한 잔도 안 마셨대.

(섬 처녀) 오! 김현식, 존나 성장했어.

작심(作心)을 걷어치우고 작심(酌心)을 해야 하나 봅니다. "다 컸네!"
가 아닌 게 얼마나 다행인지요. 그래도 다 같은 술식구끼리 이건 아니
지 않나요?

2025년 1월 1일

말일 연중행사로 스케일링 하러 갔더니,
"치석이 제법 많으시네요. 그래도 작년 일월에 오셨으니 해는 안 넘기셨네요."
치석은 그렇다 치고 심석(心石)은 어쩌라고….
어디 용하다는 심과(心科)는 없을까요?
일단 금주 선언을 합니다.
사흘이야 가겠죠.
모두의 산뜻한 새 출발을 기원합니다.

어쩌다 보니 '치'로 끝나는 별호를 가진 또래의 강호인, 아니 '시내' 생활하시는 분들이 모여 인사를 나누게 되었습니다.

날렵하게 생긴 넘이 풀쩍 뛰어 앞으로 나섭니다.

"보시다시피 몸이 가벼워 날치라고 불립니다요."

얼굴이 온통 검은 수염으로 덮인 덩치가 가슴을 펴고 부리부리한 눈으로 사방을 훑습니다.

"미아리 곰치요."

눈매가 사나운 작달만 한 사내가 허리를 꺾습니다.

"가진 거라고는 깡다구밖에 없는 제천 깡치올시다."

이런저런 치들이 인사를 나누고 마지막으로 게슴츠레한 눈에 구부정한 작자가 느릿느릿 일어서더니 어눌한 목소리로 한마디합니다.

"지는… 벌교에서 온… 칼치지 말입니다요."

좌중이 술렁이는 가운데 누군가 묻습니다.

"아니? 칼을 얼마나 잘 쓰시기에?"

"저어… 고것이 아니라요. 작업만 할라치면 연장을 놓치거나 기껏 휘둘러봐야 엄한 데다가만 거시기해서리… 그니까 제 치는 음치, 박치, 몸치 할 때 바로 그 '치'지 말입니다요."

"모든 동물들은 평등하다. 그러나 어떤 동물들*은 다른 동물들보다 더 평등하다."

"네 발 동물들**은 좋고, 두 발 동물들은 나쁘다."

아아, 우리들의 나폴레옹, 스노볼, 존즈···. 새삼 조지 오웰의 <동물농장>을 소환하게 됩니다. 안국선의 <금수회의록>마저···.

*표와 **는 각각 무엇, 혹은 누구들일까요?

*

강호의 최고 살수들을 모아놓고 앞에 쌓인 금은보화를 가리키며 노선비가 선언합니다.

"누구든 이자를 처단하면 이 재물의 주인이 될 것이오."

그가 용모파기를 그린 족자를 펴자 모두 일어나 나가버립니다.

"우리는 사람만 베오!"

천하제일의 백정이 불려왔지만 그도 돌아섭니다.

"병든 짐승은 잡지 않소!"

뒤이어 찾아낸 수의사도 치료의뢰를 거절합니다.

"수의학에는 신경정신과목이 없습니다."

결국 대장장이들이 튼튼한 쇠창살로 우리를 짓고 있다는···.

*

어전회의장.

"전하! 아뢰옵기 황송하오나 저들 재야의 선비들이 매주 전하의 하야를 촉구하는 집회를 연다 하옵니다!"

"매주? 그것들은 먹고사는 거 신경도 안 쓴대?"

"황공무지로소이다."

"가만있자, 매주? 이봐 병졸, 아니 병조판서!"

"네이!"

"지난번엔 비정상, 아니 비상계엄을 눈치챈 백성들이 몰려와 중과부'족'으로 물러섰다 했겠다?"

"그러하옵니다. 전하!"

"그리고 엊그제는 빈정상, 아니, 비상계엄 소문이 퍼져서 모였다가 밤을 새우고 흩어졌다지?"

"그렇사옵니다. 전하!"

"옳거니! 모든 대신들은 오늘부터 수하들을 풀어 우리도 매주 계엄을 선포한다고 소문을 퍼뜨리도록 하라! 아니, 아니지. 아예 매일 그리한다 하도록 하라. 그러다 보면 로또맵이 나오기도 전에 지들이 지치거나 그러려니 하고 넘어가겠지. 흐흐흐. 그때야 말로…. 흐흐흐. 당장 시행할 이 작전은 '양치기 작전'이라 명명하노라!"

"분부대로 거행하겠나이다. 전하!"

봉두난발의 거한이 앞으로 나서며 어깨에 메고 있던 백 근 언월도를 내려 가볍게 휘두르며,

"단신으로 적운산 산적들을 모조리 도륙하고 산채를 무너뜨린 자가 바로 본좌올시다!"

그러자 백면서생이 허리춤에서 낭창낭창한 요도를 꺼내어 검광을 뿌립니다.

"하룻밤에 강동 삼대 표국의 현판을 내리게 한 노부가 인사드리오."

그 뒤로 절세미인이 나긋한 허리를 숙여 등 뒤에서 쌍검을 뽑아 교차하더니,

"불귀강 귀신들이라 불리던 수적 떼는 누가 떼로 수장을 시켰는지 아시오?"

이렇게 한자리에 모인 강호 고수들이 설레발을 치는데 유독 무표정한 장년 하나만 팔짱을 낀 채 묵묵히 구석에 서 있습니다. 다들 요란하게 수인사를 마치고 궁금해진 그들이 이구동성으로 묻습니다.

"대형도 칼을 지닌 걸 보아하니 강호인 같은데 대체 뉘신지?"

그제서야 팔짱을 풀고 뒷짐을 진 그가 한발 나서며 입을 엽니다.

"소제는 그저 삼십여 년 강호를 떠돌았지만 아직 발도를 해본 적이 없는 무명소졸이라 드릴 말씀이 없소이다."

그러자 다들 칼을 내던지고 그 앞에 무릎을 꿇었다는 뻔한 이야기…

남북전쟁 당시 기관총을 발명한 개틀링이 한 말입니다.

"나는 인류의 평화와 안전을 위해 이것을 만들었다. 앞으로는 전쟁터에 군인이 백 분의 일만 필요할 테니 그만큼 인명피해가 줄어들 것이다."

*

"당신은 (대통령)을 어떻게 생각하십니까?"

"아무 생각도 없어요. 앞으로도 그럴 거구요."

"어째서요? 당신도 (국민)이잖아요."

"보면 몰라요? 그치라고 나를 생각하겠어요? 만약에 나를 생각한다면 이러겠어요? 그러니 나라고 생각할 이유가 있겠어요?"

'국민'과 '대통령'을 바꾸어 읽으면 더 말이 됩니다.

*

잘하면 노벨상과 이그노벨상을 받은 대통령들을 가진 유일한 나라가 될 듯합니다.

깊은 산, 골짜기를 따라 오르는 사내에게 수염과 머리를 길게 기른 산신령 같은 노인이 나타나 앞을 막아서더니 묻습니다.

"어허. 내 입산수도 오십 년 만에 인간을 처음 만났구나. 너는 무엇을 찾으려고 이리 깊은 곳까지 왔느냐?"

"외로움을 찾아왔습니다."

"외로운 것이 왜 그리 좋으냐?"

"좋은지 나쁜지는 모르겠지만 속세에서 뭇사람들과 섞여 있어도 늘 외로워 차라리 자연 속에서 홀로 외로운 것이 나을 듯해서 올라왔습니다."

"뭐라? 그 번잡한 홍진(紅塵) 속에서도 항상 고독을 향유했다고?"

도사가 털썩 주저앉더니 장탄식을 합니다.

"어허! 내 평생을 바쳐도 깨우치지 못한 경지에 이른 젊은이가 있다니…"

두 사람은 금세 의기투합하여 함께 산을 내려와 죽을 때까지 떨어지지 않고 같이 붙어살았답니다. "외로워. 외로워!" 하면서요. 외롭게 외롭게…

???

#@%♣×&?

÷&☆=₩€¤※¿

…….

!!!

아아. 大dog슈!

2024년 11월 12일

아주 오래전에 한겨레신문사에서 주관하는 '베트남을 사랑하는 젊은 작가들'을 따라 뱀 농장에 갔을 때의 일입니다.

일행들에게서 벗어나 구석진 곳 어둑한 우리에 가서 들여다보려는데 웅크리고 있던 킹코브라가 내 눈을 향해 독을 쏘아대더군요. 선글라스가 아니었으면 눈이 멀 뻔했다고 야단을 맞았습니다.

코브라는 위협을 느낄 때에만 독을 쏜다네요. 만만한 먹잇감에는 조용히 다가가 물어서 이빨로 독을 주입한답니다.

알 수 없는 이유로 내게 독이나 침을 쏘아대는 이들이 있습니다. 혹여 무의식중이라도 그들에게 내가 위협이 되었던 적이 있었던 건 아니었는지 곰곰 돌이켜보게 됩니다.

2024년 10월 8일

- 비에른 베르예, <오래된 우표, 사라진 나라들>(흐름출판, 2019)

혹시 '비아프라'라는 나라 이름을 기억하시는 분이 계신지요?

1967년 5월부터 1970년 1월까지 존속하다 소멸된 나라인데 한때는 검은 대륙의 비극, 혹독한 기아와 참혹한 내전을 상징하는 이름이었죠.

저자는 걸어서 세계일주를 꿈꾸었지만 불가능하다는 것을 깨닫고 우표를 통해 꿈을 이루겠다고 갖은 노력과 열정을 쏟아부었습니다. 화폐는 몰라도 우표 정도는 발행해야 나라 구실을 한다고 생각한 정권이 세계 역사상 1,000개가 넘는다고 하네요. 당연히 우편제도가 자리 잡은 19세기 초부터 불과 백 년 사이의 일입니다.

우리 세대의 통과의례인 우표수집을 하던 시절에 유난히 탐을 냈던 아름답고 다양한 유구왕국의 우표들은 다 어디로 갔는지….

비아프라!

참 먹먹해지는 이름입니다.

*

"불쌍한 나이아가라!"

프랭클린 루스벨트의 아내 앨리너 루스벨트가 처음 이구아수 폭포를 보고 내뱉은 감탄사랍니다.

몇 년 전에 중국 친구랑 등선폭포엘 갔을 때 폭포 앞에서 그가 하던 말,

"폭포는 어디 있어요?"

말 못 하는 폭포라고 함부로 대하지는 말아야겠죠?

2024년 10월 7일

- 크리스천 랜더, <아메리칸 스타일의 두 얼굴-미국판 강남좌파의 백인 문화 파헤치기>(을유문화사, 2012)

강남좌파 백인들이 집에 텔레비전을 두지 않으려 한다면 그 첫 번째 이유가 '텔레비전이 없다'고 떠벌리기 위해서라는 명쾌한 분석에 무릎을 치지 않을 수가 없었습니다. 게다가 이런 사람들은 매우 성가신 성격이고 대화하는 것도 쉽지 않다는 말에도 전적으로 동의합니다.

우리 집 테레비가 작동을 안 한 지 제법 시간이 지났는데도 전혀 불편하거나 아쉽지 않은 걸 보니 내가 얼마나 성가신 사람이 되어가는지 돌아보게 되네요.

두루두루 죄송합니다. 얼른 고치겠습니다.

- 제임스 솔터, 케이 솔터, <위대한 한 스푼·365일 미각일기>(문예당, 2010)

프랑스 레스토랑에서는 빵을 보면 그 식당의 수준을 알 수 있다고 합니다. 미국에서는 커피로, 멕시코에서는 살사, 일본에서는 계란말이로 주방장의 실력을 가늠한다죠.

저는 '밥'에 진심이 아닌 집은 다시 가지 않습니다.

그런데 이런 기준은 모두 일단 식탁에 앉아 주문을 한 뒤에나 알 수 있는 것들이죠. 그렇다면 낯선 곳에서 혼자 한 끼 식사를 해결하려면 어떻게 해야 할까요?

저는 관공서에서 가까운 밥집을 무난한 곳으로 꼽습니다만….

*

예전에 제주도에서 가장 유명한 돼지고기집에서 식사를 할 때 일하는 아주머니에게 약간의 팁을 주며 "삼촌은 식구들과 돼지고기 먹으러 어디로 가세요?" 장난삼아 물었더니 나올 때 식당 이름과 약도까지 그린 메모지를 슬쩍 건네주더군요.

나중에 가봤더니 정말 만족스러웠습니다.

- 우카츠, <한잔 어때? 1~10권>(에이케이커뮤니케이션즈, 2023)

"한 잔은 좋지만 두 잔은 너무 많고 세 잔으로는 모자란다."

마크 트웨인을 잇는 미국의 유머 작가 제임스 티버의 말이랍니다. 그가 우리나라에 살았다면 "일차는 적당하고 이차는 무리지만 삼차는 어쩌고…" 했을 겁니다.

금주보다 어려운 것이 절주라고 하죠. 집술은 언제나 일차로 끝난다는 장점이 있다는 것을 깨달았습니다.

절주(絶酒)나 절주(節酒)는 몰라도 절차(節次)를 하는 방법을 확실히 알려드립니다.

- 무크 <시사만화 제1집>(1988.11)

책꽂이를 정리하다 뜻밖에 신통한 넘들을 만났습니다. 옛날을 회상하며 들추다 보니 어째 요즈음 이야기들이 눈에 띕니다. 대충 캐릭터 얼굴들만 바꿔 그려도 참신할 듯해서 깜짝 놀랐죠. 섬뜩할 지경입니다. 저만 그런 걸까요?

History repeats itself!

아무래도 버리려고 묶어놓은 책 꾸러미들을 다시 살펴보아야 하겠습니다. 오늘 밤 잠은 다 잤네요. 어쩌자고 이런 것들을 진작 못 버렸는지….

내일을 향해 쏘아라

권력은 결코 미안하다고
말하는 것이 아니에요 !

사실 무임승차나 다름없는 짓이라…

원하는 것은 무엇이든
가질 수 있는
나는 수퍼맨 !

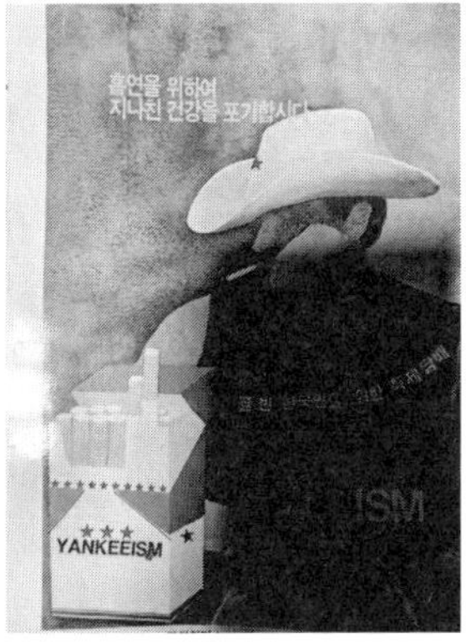

흡연을 위하여
지나친 건강을 포기합시다
YANKEEISM

저녁 늦게 길에서 우연히 동창생 A와 B가 만났습니다.

A : 야아, 진짜 오랜만이다. 저녁은 먹었지?
B : 그럼. 지금 시간이 몇 신데….
A : 나 지금 롯데호텔 만찬장에서 거하게 먹고 나오는 길이야. 메뉴랑 와인도 끝내주고 참석자는 또 어떤데… 잘나가는 연예인이랑 프로야구선수, 재벌 3세들이랑 또… 암튼 끝내줬다. 담에 기회 되면 함 같이 가자.

듣고 있던 B는 오랜 친구를 만나 단둘이 저녁으로 칼국수 한 그릇 먹었다는 말을 차마 못 하고 헤어졌습니다. 청와대에서 말이지요.

중요한 것은 식탁 위에 무엇이 있는가가 아니라 의자 위에 무엇이 있는가다.
- W. S. Gilbert

우크라이나에 매우 뛰어난 시인이 있다기에 짜르가 보고 싶다고 해서 먼길을 불려왔습니다. 드디어 궁전에 들어가 짜르를 알현하게 되었는데 입시한 모든 사람들이 허리 굽혀 인사를 하는데도 그 시인만 꼿꼿하게 서 있었다죠.

"너는 어째서 짐에게 예를 표하지 않느냐?"

"폐하께서 저를 보자 해서 기껏 여기까지 왔는데 제가 고개를 숙이면 보실 수가 있겠습니까?"

황제의 반응은 어땠을까요? 쿨한 넘이라고 오히려 상을 주었을까요?

그런 해피 엔딩은 없었죠.

그의 남은 인생이 몹시 고달퍼졌다고 합니다.

*

에티오피아 황제 하이레 셀라시에는 키가 매우 작아 그를 알현하는 외국 사절들은 매번 곤혹스러워 했답니다. 황제의 턱 아래까지 머리를 숙이느라고요.

중학생 때 에티오피아 참전 기념탑 준공식 때문에 춘천을 방문한 그를 먼발치에서 보았던 기억이 납니다.

2024년 9월 27일

- 폴 서루, <아프리카 방랑>(작가정신, 2011)
- 미셸 아르스노, <아프리카 내 사랑>(들녘, 2004)

1960년대 말. 어떤 촌부가 지방 축제에서 경품으로 TV를 받게 되었습니다. 사회자가 축하와 함께 물었습니다.

"전기가 안 들어오는 곳에 사시는데 테레비는 어떡하실 건가요?"

"괜찮아. 등잔불 키구 보믄 돼."

*

1970년대 초. 신입생 때 강원도 깡촌에서 농촌봉사를 끝내고 짐을 꾸리는데 선배가 한 말입니다.

"세숫비누 쓰던 거, 치약 남은 거 갖다 버리더라도 남겨두지 마라. 여기 사람들 평생 모르고 살았는데 일단 써보게 되면 괜히 쓸데없이 돈 쓰게 된다."

*

폴 서루가 아프리카 오지에서 양수기를 보내달라는 원주민의 요구를 받고 고민에 빠집니다. 사방 수백 리에 휘발유 구할 곳도 없고 망가지면 부품 구할 수도 없는데 말이죠.

생뚱맞지만 옛날 서수남 하청일이 주구장창 TV에 나와 선전하던 한일 자동펌프가 생각납니다. 아직도 '뽐뿌'가 일반적이던 시절의 이야기죠.

"누군가 멀쩡한 길을 두고 가시덤불에 뛰어들었다면 이유는 둘 중에 하나다. 뱀에게 쫓기든지 뱀을 잡으려고 뒤쫓고 있든지."

아프리카의 속담이랍니다. 아프리카를 며칠째 읽다 보니 꿈속에서 가시덤불 속을 헤매는 꿈을 다 꾸었습니다. 그러다 누군가를 만나는 순간 잠이 깨더군요.

그 누군가는 나처럼 뱀에 쫓기는 중이었을까, 아니면 뱀을 뒤쫓는 중일까. 궁금함이 머릿속을 떠나지 않습니다. 분명 대박 아니면 폭망일 텐데요.

2024년 9월 26일

- 코리네 호프만, <하얀 마사이-마사이 전사의 아내가 된 백인 여인>
  (솔출판사, 2006)
- 시라토 게이치, <오늘의 아프리카-세계의 끝 아프리카 그곳에도 삶과 사회
  가 지속된다>(현암사, 2011)
- 아담 호크쉴드, <레오폴드왕의 유령>(무우수, 2003)

"굶어 죽는 게 물려 죽는 거보다 더 무서운가 봐."
"어째서?"
"육식동물이 초식동물보다 빨리 달리잖아."

*

아마존 탐험을 마치고 며칠 만에 다시 대서양을, 아니고 서재를 건
너 아프리카로 왔습니다. 레오폴드 2세와 그의 유령에 맞서 아프리카인
을 위해 싸운 에드워드 딘 모렐의 삶은 그다지 평탄하지 못했지만 그
의 이상은 그가 1839년에 설립한 반노예 국제협회로 이어져 지금도 방
글라데시와 네팔과 말레이시아의 아동 노동, 억눌린 중동의 여성들, 브
라질의 채무 노예, 태국의 미성년 매춘, 아프리카의 여성 할례, 이민 가
정부의 학대 등에 반대 운동을 전개하며 세계에서 가장 오래된 인권
단체로서의 역할을 충실히 하고 있답니다.

아프리카는 늘 아픕니다. 아프게 합니다.

2024년 9월 23일

- 데이비드 그랜, <잃어버린 도시 Z-아마존의 치명적인 유혹에 관한 이야기>
  (홍익출판사, 2010)
- 다니엘 에버렛, <잠들면 안 돼, 거기 뱀이 있어-일리노이 주립대 학장의 아마존
  탐험 30년>(꾸리에, 2010)
- 정승희, <아마존은 옷을 입지 않는다-인류 최후의 에덴동산, 아마존 오디세이>
  (사군자, 2006)

다음달에 개봉하는 영화 <아마존 활명수>를 응원하는 마음에 호기심을 보태서 각기 결이 다른 세 권의 책으로 안방 탐험을 했습니다.

초창기 탐험가들을 가장 힘들게 한 것은 독충이나 위험한 동물들, 굶주림과 열대의 풍토병, 악천후와 사나운 원주민들의 위협 등 외부적 요인보다도 탐험대 내부의 인간적인 갈등이었다네요.

비단 숲이 우거진 밀림 속에서만이 아니라 콘크리트 정글로 이루어진 도시에서의 삶도 마찬가지겠죠.

부디 애정하는 동생이 제작에 깊이 관여한 영화가 흥행에 성공해서 그가 약속한 희소식이 달아실에 날아들기를 빕니다. 후속작으로 달아실 출간의 소설을 찍겠다고 시나리오 작업까지 마친 상태거든요. 아마 좋은 소식이 곧 오겠지요.

- 헤더 안트 앤더슨, <아침식사의 문화사-어디서 무엇을 어떻게 먹었을까>
(니케북스, 2016)

2차 대전 중 극히 위험한 작전에 투입되는 병사들, 우주선 탑승 전의 우주비행사들, 형집행일에 마지막 아침을 맞는 사형수들.

살아서 돌아올지 모르는, 영원히 못 돌아올 수도 있는, 영영 떠나가는 이들에게 제공되는 마지막 아침 식사의 식단이 똑같답니다. 물론 미국의 경우지만요.

세계 각지의 아침 식사를 살펴보고 심지어는 문학이나 영화에 등장하는 아침 식탁에서의 분쟁까지 소개하고 있는데 아쉽게도 우리나라는 빠뜨렸네요. 유구하고 다양한 우리나라의 해장문화를 다룬 책을 기대해봅니다.

베이컨으로 감싼 안심 스테이크와 계란프라이가 저들에겐 '니팝에 괴깃국'이었나 봅니다. 저자는 언젠가 아침 식사도 저녁 정찬처럼 코스 요리로 바뀔 거라 예측하고 있지만 저는 전혀 아니라는 생각이 드네요.

추석 연휴 내내 주위의 강권으로 본의 아니게 카니보어 다이어트를 하고 있습니다.

<먹히는 자에 대한 예의>(김태권, 한겨레출판사, 2019)가 문득 생각이 나 다시 읽어보려 했더니 아무리 찾아도 꼭꼭 숨어 있네요.

사진이라도 찾으려고 앨범을 뒤지다 오래전 네팔 카트만두 동물원 입구에서 본 기발한 경고 간판을 찾았습니다. 우리 인간이 우리에 갇힌 동물들에게 물어뜯기는 섬뜩한 그림인데 예나 지금이나 뜯어볼수록 웃음이 나옵니다.

실없이 동물들을 놀리지 말고 저들에게 인신공양을 하라니요.

'먹는 자에 대한 예의'를 지키라는 걸까요?

그나저나 코끼리는 왜 저기 저러고 있는지….

- 휴 앨더시 윌리엄스, <메스를 든 인문학-과학과 인문, 예술을 넘나드는 우리 몸 이야기>(알에이치코리아, 2014)
- 빌 브라이슨, <바디-우리 몸 안내서>(까치, 2020)

명절 연휴라 체육관이 이틀 쉬기에 쇠질 대신에 몸 공부를 했습니다. 탐험의 시대에 발견자의 이름을 따서 지은 지명이나 화석, 행성들처럼 우리 몸에도 그렇게 명명된 기관들이 의외로 많더군요.

*

몸짱보다 마음짱과 친해지기. 몸치보다 마음치가 되지 않기. 몸짓보다 마음짓을 바로 하기. 몸살이나 마음살은 피해 가기. 몸부림도 마음부림도 치지 말기. 몸가짐, 마음가짐 모두 새로 하기….

몸이야 어찌어찌 해보겠지만 마음이야말로 '마음먹은' 대로 안되는 걸 어쩌죠? 몸으로 때울 수도 없고. 체육관이 아니라 마음공부 하는 곳을 찾아야겠습니다. 가만, 요즘엔 드물어진 '道를 아십니까?'를 어디에 가면 만날 수 있나 아시는지요?

묵은 책들을 정리하며 찾아낸 책갈피들을 보는 재미가 쏠쏠합니다.

서점에서 주는 것들 외에도 불쑥 튀어나오는 교통카드나 승차권, 비행기 탑승권, 우편엽서, 관광지 입장권들이 지난날들의 발자취를 더듬어보게 합니다.

오늘은 하남성 남양시에 있는 와룡각 입장권을 찾았습니다.

유비가 공명을 모시기 위해 삼고초려를 했다는 그 누옥을 재현했다는 곳이죠. 시내의 가게들은 업종을 불문하고 온통 제갈량이라는 브랜드의 상품을 팔고 있었습니다. 우리에게 익숙한 제갈공명보다 제갈량이 보편적으로 쓰이더군요. 삼고초려도 저들은 '삼고모(茅)려'라 하고요.

아직도 얼마나 많은 추억의 귀퉁이들이 모습을 드러낼지 살짝 기대가 됩니다.

2024년 9월 11일

어린 오뚜기가 자신의 꿈을 밝힙니다.

"난 다이빙이나 체조 선수가 되고 싶어요!"

아빠 오뚜기가 아련한 눈빛으로 말합니다.

"나는 젊었을 때 수영과 마라톤이 하고 싶었단다."

옆에서 듣고 있던 할아버지 오뚜기가 한숨을 내쉬며 하는 말,

"난 그저 잠깐이라도 좋으니 옆으로라도 누워서 쉬어보고 싶구나."

2024년 9월 2일

1973년 갓 대학생이 되어 운동을 하러 찾아간 데가 하필이면 을지로 명보극장 옆에 있던 '한국체육관'이었습니다. 입구 계단에 늘 줄지어 앉아 있던 태권부 출신의 휴가 나온 해병대원들 사이를 비집고 올라가 뒤편으로 돌아가면 반지하에 역도 및 육체미부가 있었죠.

당시 국가대표급 선수들이 포진한 조폐공사 역도부원들 틈에서 눈치를 보며 깔짝대다가 몇 달 후 학교 앞에 문을 연 '육체미 체육관'으로 옮겼습니다. 에어컨은커녕 선풍기조차 없어 죄다 땀으로 번들거리는 상체를 드러내고 운동하던 시절. 당연히 여성회원은 찾아볼 수도 없었고요.

오늘 모처럼 잠깐이나마 옛날식 체육관 분위기를 맛보았습니다. 금방 여성분이 들어오기에 후다닥 셔츠를 입었지만요. 옛날 도장이나 체육관에 들어서서 태극기에 인사할 때면 뿌연 먼지와 함께 훅 느껴지던 땀 냄새와 기합 소리가 그리워지더군요.

당시 춘천 '한체'는 지금의 <올훼의 땅> 바로 옆 모퉁이에 있었습니다. 맞은 편에는 유도장이 있었고요. 춘천 '한체'에는 복싱부와 태권도부만 있었는데 사이가 그다지 좋지는 않았었습니다.

*

체육관에서 얘기를 나눠보면 오래 운동을 한 상급자나 초보자를 불문하고 대부분의 사람들이 하체 운동하는 날이 가장 지루하고 힘들다 합니다.

저는 상체의 앞면과 뒷면, 하체로 나누어 삼분할을 주욱 해왔지만 여전히 하체 하는 날은 온갖 구실을 만들어 체육관 출석을 건너뛰거나 가더라도 힘든 근육운동을 피해 런닝머신에서 시간을 때우는 날이 많았죠. 그러다 최근에야 이를 극복했습니다. 아예 '하체 운동하는 날'을 없애버린 거죠. 그러면 신체균형은 어쩔 거냐고요?

하체 운동을 전혀 안 하는 게 아니고 단지 '하체 운동만 하는 날'을 루틴에서 빼버린 거죠. 상체 운동을 기본으로 이분할을 하면서 매일 기분 내키는 대로 레그컬이나 프레스, 익스텐션 중에서 하루 한 종목씩만 다섯 세트 정도 중간중간에 끼워 넣었습니다.

마음은 조금 가벼워졌지만 인체 근육의 70%를 차지하는 하체도 덩달아 가벼워질까 살짝 걱정이 되긴 하네요.

\- 폴 웨이드, <죄수 운동법>(비타북스, 2017)

미국영화의 교도소 장면을 보면 죄수들이 농구를 하거나 벤치 프레스를 하는 모습들이 자주 보이죠. 독방에서 푸쉬업이나 복근운동, 턱걸이하는 장면도 흔하고요. 넘치는 체력을 소모시키고 정신을 집중하게 해서 딴 생각이나 엉뚱한 짓을 막으려는 정책이랍니다.

우리나라에서는 미결수 삼십 분, 기결수에게는 한 시간씩 허락된 운동시간에만 가능합니다. 역기나 농구공 같은 건 당연히 없고요. 방에서 운동을 하다 적발이 되면 징계를 받는다죠. 같은 방 동료들에게 폐가 되어서라는 것이 이유랍니다.

그런데 독거실에서도 운동이 금지 사항이라니 선뜻 이해가 안 됩니다.

미국에서 발간된 <죄수 운동법>은 기구 없이 할 수 있는 다양한 홈 트레이닝을 소개하고 있어 일반인들에게도 인기가 있다고 합니다. 우리나라 교도소에도 이 책이 반입은 되는지 문득 궁금해지네요.

체육관에서 다양한 복장들을 살펴보다 숨어 있는 공통점들을 찾아냈습니다. 이유는 모르겠지만 젊은 여성들보다 오히려 나이가 좀 있는 분들이 레깅스를 더 많이 착용하더군요. 남성의 경우는 민소매 셔츠로 연령대가 나눠집니다. 그에 더해 야구모자를 쓰거나 두건을 두른 이들도 모두 젊은 축입니다.

남녀 모두에게 공통적인 점은 장갑이나 손목 보호대를 착용하는 이들은 대부분 젊다는 점입니다. 아무래도 중량을 치기가 버거운 나이에는 쓸모가 없기 때문이겠죠. 오늘은 모처럼 오전에 출근합니다.

*

대회에 출전한 보디빌더들에게서는 문신은 물론 가슴의 털이 전혀 보이지 않습니다. 근육의 섬세함을 잘 보이게 하려는 것인데 어지간한 문신은 컬러크림으로 커버하지만 무성한 가슴은 제모를 하고 나옵니다.

아놀드 슈왈제네거, 실베스터 스텔론, 돌프 룬드그렌 등 주로 웃짱을 까고 나오는 배우들의 가슴이 매끈한 것은 그리스 로마의 조각상이 구현하는 육체를 이상적이라 생각하는 헐리우드의 풍조 탓이라네요. 물론 숀 코네리가 있지만 007 제임스 본드는 주로 정장 차림으로 현대무기를 사용하는 캐릭터로 본드 걸과 함께할 때만 예외적으로 웃통을 벗고 나오니 논외로 치겠습니다.

선수들이 온갖 보충제와 스테로이드 같은 약물 외에도 피부 관리를 위해 사용하는 것들이 무척이나 다양할 수밖에 없죠.

조금 생뚱맞지만 옛날에 어린 마음에도 여러 버전의 '타잔'들이 한결같이 수염 없는 말끔한 얼굴로 나오는 걸 보고 궁금해했던 건 저뿐만이 아니겠지요.

*

만약에 우리 몸의 근육이 운동을 할수록 하는 만큼 발달한다면 옛날 뱃사공들의 어깨는 농구공만큼 커졌겠죠. 사람의 몸이란 게 그렇지 않으니 자칫 매너리즘에 빠질 수 있는 근육을 자극하려고 온갖 테크닉이 개발되어 왔습니다. 횟수와 중량을 변화시키고 순서를 뒤섞으며 현상에 안주하려는 근육을 자극하고 헷갈리게 하며 심지어는 속이기도 하는 것이 현대 보디빌딩의 발전과정입니다. 그런 가운데 프로, 아마를 막론하고 2분할 운동법은 모든 루틴의 기본 중 기본으로 자리 잡았죠.

상체-하체-휴식!

여기서 조금 변형을 하면 몸을 앞부분과 뒤로 나눈다든가 상체의 앞과 하체의 뒤, 혹은 그 반대로 자극을 주는 경우도 있습니다. 이 모든 것을 혼합해서 수행하기도 하고요. 그런데 말이지요. 저는 월요일부터 딱 2주간만 세상에 없는 이분할 운동을 해보려고 합니다. 왼쪽과 오른쪽으로 나눠서요. 혹은 왼쪽 팔과 오른쪽 다리, 이렇게요.

재미없는 체육관 얘기는 이런 발칙한 프로그램의 후일담으로 끝을 내겠습니다. 저도 무척 궁금하네요.

LA에서 다니던 헬스클럽에서는 가장 많이 볼 수 있는 것이 기구를 이동할 때마다 들고 다니는 생수병이었습니다. 일본 짐에서는 음료수 비치대가 따로 있고 각자가 사인펜으로 종이컵에 표시를 해두더군요. 베트남 체육관은 생수 외에도 몽키 바나나를 쌓아두어 가끔은 몇 개씩 가방에 넣어오기도 했었죠. 마닐라와 광조우 운동실에는 아예 생수병이 가득한 냉장고가 있었고요.

우리 체육관은 제각기 텀블러를 가져옵니다. 우유에 단백질 파우더를 섞은 듯한, 투명 용기에 담긴 뿌연 음료를 마셔가며 쇠질에 열심인 젊은 친구를 보니 엉뚱한 생각이 듭니다. 우리나라 육체노동의 전통적 동반자인 막걸리를 마셔가며 해도 되지 않을까. 어차피 힘 쓰는 건 마찬가진데…. 바나나를 먹고 스포츠음료를 마시며 '오운완'(오늘 운동 완료)을 하고 돌아오는 길에 단백질 바를 까먹으며 진지하게 고려해보고 있습니다.

*

해외에서의 경험은 미국을 제외하고는 모두 호텔 내의 시설 체험담입니다. 로컬 짐은 많이 다르겠지요.

2024년 8월 28일

"꽃길 말고, 런닝(머신) 걷자!"

우리 동네 체육관이 다른 건 몰라도 런닝머신에서 보이는 경치는 아마 어딜 내놔도 손색이 없을 겁니다. 그런데 위의 이 문구는 살짝 거슬립니다.

꽃길 후에 런닝
런닝 전에 꽃길
몸은 런닝 마음은 꽃길
꽃길도 런닝도 날씨 따라
꽃길은 연인과 친구와는 런닝
오늘은 런닝 내일은 꽃길
꽃길이면 꽃길 런닝이면 런닝

꽃길을 내려다보며 런닝을 하면서 아무리 쥐어짜 보아도 상큼한 표어가 떠오르지 않네요. 이러다 쓰러질까 겁이 납니다. 런닝머신은 뛰라고 있는 거니까요.

*

정통 보디'빌딩'을 비롯하여 피지크, 클래식 피지크, 스포츠 모델, 비키니, 피트니스 등등 육체미 대회도 격투기 종목만큼이나 다양해지고 지향점도 차별화되고 있습니다. 프로, 실업, 생활체육 대회출전, 드라마나 보피 촬영 등 목적에 따라 다양한 프로그램도 발전 중이고요.

저는 종종 비난을 당하기도 하는 '패션근육'을 만들어 왔습니다. 패션처럼 보여주는 것이 목표가 아니라 무엇을 걸쳐도 '패션'이 되고 싶어서요. 물론 그다지 성공적이라 할 수는 없지만요.

오늘 세트 중간에 책을 읽다 보니 독서조차 패션 삼아 해온 건 아닌가 하는 생각이 문득 드네요. 시합이나 독후감 공모전에 나가지 않더라도 일단은 자기애에 기초를 두고 자기만족을 추구해왔습니다. 억지로는 오래 지속하기 힘들다는 것도 공통점이고요. 특단의 계기가 없는 한 오랜 습벽을 버리기는 힘들겠죠.

2024년 8월 25일

- 미우라 아야코, <길은 여기에>(홍신문화사, 1993)
- 미우라 아야코, <양 치는 언덕>(소담출판사, 2016)
- 미우라 아야코, <빙점>(범우사, 2004)

체육관이 쉬는 날이라 강둑을 뛰고 오는 길에 스포츠 음료를 사러 편의점에 들렀더니 주인아주머니가 독서삼매경이십니다. 계산하는 사이에 엎어놓은 책표지를 얼핏 보고 나도 모르게 "미우라 아야코, 참 오랜만에 보는 이름이네요." 했죠.

순간 떠오른 옛 생각. 중학교 일학년 때 당시로서는 드문 개가식 학교도서관에서 얄개전 류의 책을 읽고 있는데 누가 책을 한 권 내 앞에 턱 놓더군요. 내 기억으로는 당시 빨간 표지의 <양 치는 언덕>이었죠. 저를 눈여겨보시던 국어 선생님이셨습니다.

잠깐 기억을 더듬는 사이 잔돈을 내주며, "어떻게 이 작가를 아세요?" 하시기에 엉겁결에 "그냥 알아요." 하고 서둘러 나왔습니다.

짧은 문답이지만 한참을 생각하게 되네요. 그분도 잠깐이나마 책을 덮고 우문우답(愚問愚答)을 되새기고 있을지도요. 길은 어디에나….

2024년 8월 21일

종일 편의점 식품으로 끼니를 때우며 북유럽 추리소설들을 읽다 소소한 깨달음을 얻었습니다.

우선 유럽을 배경으로 소설을 쓰는 작가들은 일단 분량에서 우리나라 작가보다 적어도 10%는 더 먹고 들어간다는 걸 깨달았습니다. 등장인물들이나 지명들이 최소 다섯 음절 이상은 기본이니까요. 예전에 얼핏 들은 대로 미국에서는 원고료를 단어 숫자로 계산한다는 말이 비로소 납득이 됩니다.

그리고 다이어트에 진심인 사람들에게 유용한 정보도 있죠. 편의점 식품을 먹게 되면 섭취한 열량을 끝자리 숫자까지 알게 되더군요. 게다가 영양소도 g 단위까지 계산할 수 있습니다.

마지막으로 가장 큰 깨달음은 세상에 빗소리보다 좋은 소리가 없다. 라는 것이죠.

*

TV는 멀리한 지 제법 오래되었지만 전화기에서도 놓여난 완벽한 하루를 보냈습니다.

1976년 오늘. 하사관 학교 졸업을 불과 2주일 앞두고 전방부대로 지휘실습을 떠나려는 그때. 갑자기 군장을 꾸리고 관물은 더블백에 넣어 트럭에 실으라는 명령을 받았습니다.

그러고는 내무반에서 대기하고 있자니 실탄을 지급하고 중대장과 선임하사가 편지지와 봉투를 나눠주며 부모님께 마지막 편지를 쓰라더군요. 군데군데 훌쩍이는 소리가 들리는 비장한 분위기에서 유서를 쓰고 머리카락이나 손톱을 봉투에 넣는 전우도 있었습니다.

알고 봤더니 이날 판문점에서 미루나무 가지치기를 하던 미군들이 북한군에게 빼앗긴 도끼로 살해당하고 말았다더군요.

'데프콘 2' 휴전 이후 가장 긴박한 상태에서 2주일간 군화도 못 벗고 군장 배낭을 베고 선잠을 잤더랬죠. 그날 받은 명령지에 저는 동해안 경비사령부로 배속이 되었고요.

지금은 기억하는 이도 별로 없는 아득한 옛날이 되었지만 해마다 오늘이 오면 그때의 심정을 되새겨보게 됩니다.

반인반어(半人半漁)를 인어(人魚)라 하죠. 상체가 사람인 인어와 하체가 사람인 인어 중에서 선택을 해보라 했더니 플라토닉이니 뭐니 해가며 답이 중구난방입니다. 압권은 "둘 다"라는 답이었습니다.

가릴 선(選)이고 가릴 택(擇)이니, "다 가지겠다"는 답은 선택하라는 질문에 대한 답이 아니죠. 차라리 둘 다 싫다면 답이 될 수도 있겠죠.

"비린내가 죽어도 싫어!" 한다면 금상첨화고요.

저요?

저는 전반신(前半身)이 어여쁜, 사람과 닮은 인어를 택하겠습니다.

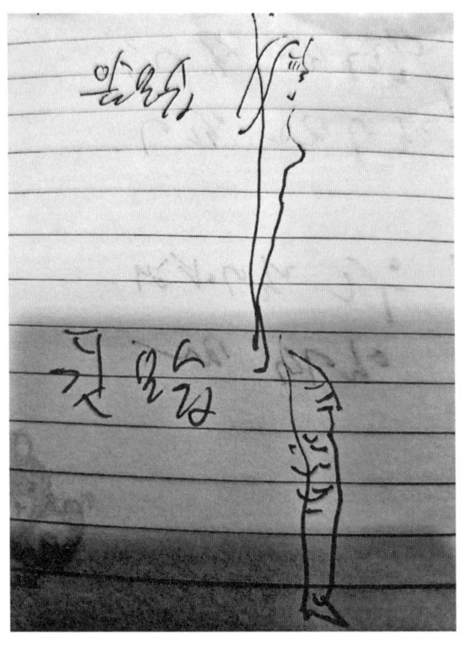

2024년 8월 14일

- 권정현, <칼과 혀>(다산책방, 2017)

세상에서 제일 야비한 말. 가슴을 물어뜯는 한마디를 농담이랍시고 던져놓고는
"웃자고 한 얘기에 죽자고 덤비네?"

세상에서 가장 불쾌한 답변은 질문에 의문문으로 대꾸하는 것. 그중에서도 으뜸은
"그것도 몰라?"

세상에서 최고로 무섭기도 하고 어쩌다가는 사랑스런 한마디.
"잊지 않겠다! 죽어도…"

2024년 8월 13일

보디빌딩 초창기에는 그날의 컨디션에 따라 마음 내키는 대로 운동을 하고 식사도 입맛 따라 하는 선수들이 있었습니다. 이를 디오니소스적인 훈련이라 하는데 스포츠과학의 발전에 따라 점차 정해진 시간에 근육별로 나누어 중량과 횟수를 정하고 엄격한 식단관리를 하는 아폴론적 훈련방법이 일반화되어 지금의 프로세계에서는 찾아볼 수가 없게 되었죠.

<록키 4>에서는 소련이 과학적 방법과 약물까지 동원해 만들어낸 아폴론적 드라고(돌프 룬드그렌)가 시베리아 오지에서 자연과 싸우며 특훈을 한 디오니소스적인 실베스타 스텔론에게 지고 맙니다. 영화니까요.

저는 이도 저도 아닌 그저 동네 헬스장 회원이라 두 가지를 넘나듭니다.

그건 또 뭐냐고요?

평소엔 아폴론적, 술을 마신 다음 날엔 디오니소스적.

뭐 그렇다는 얘기죠. 하기사 박카스를 만난 다음날엔 디오게네스적이 될 때가 더 많긴 하지만요.

2024년 8월 5일

셋이 앉아 누구의 직업이 오래되었나 뽐내기를 했다죠.
외과의가 먼저 말합니다.
"아담의 갈비뼈로 이브를 만드는 거 누가 했겠어?"
"그전에 태초의 혼돈을 정리해서 세상을 만든 건?"
건축가의 말입니다.
듣고 있던 세번째 사람이 씨익 웃으며 묻습니다.
"그럼 그 혼돈은 누가 일으켰겠나?"
그는 정치하는 사람이었다죠.

*

부끄럽지만 유신 시대에 정치외교학을 전공한 자로서 정치라는 거대담론에 끼어들기조차 조심스럽지만 딱 한마디만 하겠습니다. 대체 스포츠 얘기에 꼭 정치 얘기를 얹는 것은 무슨 곡절인가요? 우리는 우리가 선택한 현실을 인정해야죠. 올림픽이 그러하듯 '다음'은 늘 있잖아요.

아주 오래전에 이디 아민이 이웃나라 통치권자에게 외교분쟁을 복싱으로 해결하자고 한 적이 있었죠. 비교적 근래에는 맥락은 조금 다를지언정 우리 고장에서도 시정책임자가 의회의 대표와 링에서 붙어보자 한 적도 있고요. 스포츠를 부담없이 있는 그대로 즐기며 보는 것이 그렇게 어렵나요?

이른 저녁을 먹고 배도 꺼트릴 겸 오랜만에 당구장엘 갔었습니다. 다소 허무하게 끝난 뒤 생맥주집.

"형. 다맛수 속인 거 아냐?"

"뭔 소리야? 나 오리지날 삼백 맞아!"

"아냐. 지금은 안 돼. 그냥 오늘부터 이백으로 내려. 너무 재미없잖아."

왕년에 이백오십을 놓았던 백오십 후배의 말에 자칭 삼백이 발끈합니다.

"야. 가오가 있지, 어떻게 내리냐?"

"골프도 점점 핸디가 올라가고 바둑도 칫수 조정을 하잖아. 형이 안 내리면 내가 올릴게."

전성기엔 오백이었다는 이백이 타협안을 내놓았죠.

다맛수를 내리라는 동생들과 고수하려는 형의 진기한 갑론을박이 이어지더군요. 한참 뒤에 흡연실에 다녀온 왕년의 삼백이 비장한 표정으로 던지는 말.

"나 이제 죽어도 당구 안 칠래."

가오만큼은 여전히 오백도 넘습니다.

좋은 손님 하나 놓치고 모처럼 꾸린 취미활동 팀도 결성되자마자 깨진 상쾌한 여름밤의 소극입니다. 뭐 아직 족구도 있고 탁구도 남았으니 별걱정은 안 하지만요.

아들이면 자유(自由), 딸이면 자연(自然)이라고 지으려고 준비한 이름.

반 친구들이 <눈사람 자살 사건> 이야기를 하더랍니다. 출판사를 보니 많이 들어본 이름이라더네요. 난생처음으로 아빠 찬스를 써봤습니다.

이제는 문단의 거목이 된 최승호 시인이 학창시절 제 짝이었죠. 반세기가 넘어 제 졸작 <북에서 왔시다>의 발문을 써주고 이렇게 딸아이에게 으쓱하게 해주는 소중한 인연까지 이어오고 있습니다.

자주는 못 만나도 늘 건강하고 좋은 글 많이 많이 쓰기를 진심으로 기원합니다.

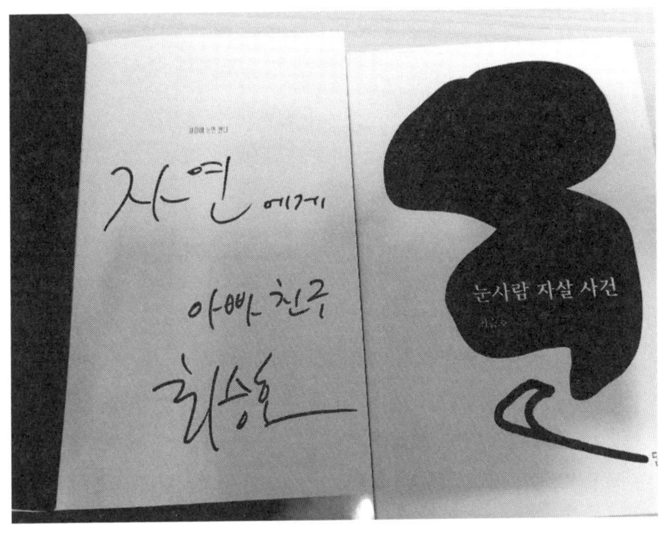

2024년 7월 26일

- 귄터 발라프, <가장 낮은 곳에서 가장 보잘것없이>(알마, 2012)
- 윤수종 엮음, <다르게 사는 사람들-우리 사회의 소수자들 이야기>
  (이학사, 2010)

며칠에 걸쳐 이주노동자의 얘기들을 살펴보았습니다.

콘택트렌즈로 눈동자 색을 바꾸고 터키인 노동자 '알리'가 되어 여러 일자리를 취재한 독일인 기자. 9·11 전과 후의 미국 이주노동자들의 실상을 직접 겪은 뒤에 그들의 '조금 더' 나은 삶을 위해 투쟁해온 모로코 출신의 운동가.

그리고 우리나라에 와 있는 합법, 불법 체류 노동자를 취재한 이야기들.

그들 모두가 현재 체류국이나 출신지는 달라도 임금착취나 인종차별 등등 여러 면에서 비슷한 어려움을 겪고 있지만 오로지 우리나라에 와 있는 '그들'만이 호소하는 한마디가 부끄럽습니다.

"제발 때리지 마세요!"

2024년 7월 24일

- 제임스 브래들리, 론 파워스, <아버지의 깃발-세상에 남긴 가장 위대한>
(황금가지, 2007)
- 가케하시 쿠미코, <이오지마에서 온 편지>(씨앗을뿌리는사람, 2007)

1944년 2월 19일 새벽. 수개월에 걸쳐 함포와 폭격기로 맹폭을 퍼부어 황무지가 된 이오지마에 미 해병대가 상륙합니다. 3일이면 끝날 줄 알았던 전투는 여의도의 두 배 반밖에 안 되는 작은 섬에서 저항하는 2만 명의 일본군을 섬멸하기 위해 상륙한 6만 명의 미군 중 거의 삼 분의 일에 가까운 사상자를 낸 뒤 한 달여가 지나서야 끝이 납니다. 게다가 지하에 숨어 있던 마지막 일본 병사는 종전 후 3년이 지난 1948년에야 항복을 했다지요.

<아버지의 깃발> 표지 사진은 오늘날 미해병대의 상징이 되었는데, 사진 속 여섯 명 중 2명만이 제발로 귀국을 했습니다.

두 책 모두 미국에서 영화화되었습니다.

폭약과 실탄이 떨어져 칼과 죽창을 들고 마지막 만세 돌격을 감행했던 일본군이 가장 힘들어했던 것은 포탄이나 벌레, 죽음의 공포나 굶주림이 아닌 갈증이었다네요.

섬에는 수원지가 없었습니다.

<아버지의 깃발>은 클린트 이스트우드 감독의 작품인데 어릴 적 '유황도'라는 제목으로 보았던 영화는 검색이 안 됩니다. 제 기억으로는 존 웨인이 주연으로 나온 포스터가 떠오르는데요. 이후 일본 본토 공습이 가능해져 태평양 전쟁의 종지부를 찍는 원폭투하도 가능해졌

기에 일제의 패망을 결정지은 전투로 불리우고 그때까지 주목을 못 받
던 해병의 용맹함과 중요성도 각인이 되었습니다.

 "대한민국 남아로 만 12세부터 만 18세 미만자로 신채건강하고 사상 온건하며 신념이 학고한 소년"들을 대상으로 항공소년대원을 모집한다는 1955년 포스터입니다.

 국졸, 중졸, 고졸자에 맞춰 각기 세 개의 과정이 있네요. 당시에 존재하지도 않던 항공대학 진학에 특전을 준다니 선견지명이 놀랍습니다.

 심히 안타깝게도 원서접수처 주소가 빠져있어 도무지 어디에 있었는지 추측조차 불가합니다. 육군항공단 자리 아닐까 하는 게 여럿의 의견이긴 했지만요. 관련 정보를 간절히 기다립니다.

2024년 7월 22일

- 하워드 엥겔, <책, 못 읽는 남자-실서증 없는 실독증>(알마, 2009)
- 다치바나 다카시, <나는 이런 책을 읽어 왔다-다치바나 식 독서론, 독서술, 서재론>(청어람미디어, 2001)
- 다오얼덩, <이렇게 읽을 거면 읽지 마라>(알마, 2017)

얼추 책 정리가, 아니 책장 정리가 마무리로 접어들었습니다. 달포 전에 시작했다가 작파하고 외면했다가 다시 시작했으니 반(半)이 두 번이라 완(完)이 되는 거죠.

언젠가 읽은 구절에
1. 다시 읽을 책
2. 이사할 때 버려야 할 책
으로 구분한다는 작가의 말이 기억납니다.

저는 나름대로
1. 내 자식이 언젠가 꼭 읽었으면 하는 책
2. 여행할 때 가지고 가서 두고 와도 되는 책
3. 미운 사람에게 필독서라고 권할 책
일단 이렇게 분류를 해봤습니다.

'※' 표시는 3항에 해두려는 못된 심보는 어찌할까요.

- 오시키리 렌스케, <피코피코 소년>(미우, 2014)
- 마스다 미리, <여탕에서 생긴 일>(비채, 2019)
- 모로호시 다이지로, <모호로시 다이지로의 진귀한 이야기>(시공사, 2011)

식탁에 놓인 접시들 중에서 싫어하는 음식부터 먹는 사람은 언제나 맛없는 식사를 하게 되고 좋아하는 것부터 먹는 이는 늘 가장 맛있는 것을 먹게 된다죠.

이발소 의자에 잡혀 있는 동안 읽으려고 단편만화집 세 권을 뽑았는데 무엇부터 봐야 할지 결정장애를 겪고 있습니다. 가장 재밌는 게 무언지 몰라서요. 음식의 맛을 보듯이 한 숟가락씩만 떠먹어볼 수도 없으니, 그냥 하나만 갖고 올걸.

잘 아는 작가, 대충 아는 작가, 처음 접하는 작가 중에서 망설이고 있는 저는 과연 무엇부터 펼칠까요?

2024년 7월 21일

- 수전 제이코비, <반지성주의 시대-거짓 문화에 빠진 미국, 건국기에서 트럼프까지>(오월의봄, 2018)
- 릭 라일리, <커맨더 인 치트-골프, 사기꾼 트럼프의 적나라한 민낯을 드러내다>(생각의힘, 2019)

각각 2018년과 2019년에 발간된 책들입니다.

하나는 '어째서?' 당대 아메리카에 그런 '현상'이 나타났는지를 뿌리 깊게 파헤치고 또 하나는 그가 '어떤' 인물인지를 보여줍니다.

미국 역사상 최초로 어떤 공직이나 선출직, 혹은 군경력이 없이 당선된 최초의 대통령! 그가 재수나 편입, 등록 연장도 아닌 복학이라는 초유의 기록에 다가가고 있습니다. 우리나라에는 공중부양자가 있지만 태평양 건너에는 그린 위에서 골프공을 원격부양하는 절정고수가 있다네요.

미국(米國)은 넓고… 네에, 넓습니다, 네.

- 프랜신 프로즈, <탐식-많이, 더 많이! 주체할 수 없는 식욕에 관하여>
  (민음인, 2007)

다른 사람에게 심각한 피해를 주지 않는 탐식이 어째서 일곱 대죄 중의 하나가 되었을까요?

이브가 선악과를 따먹었기 때문이라고요?

실은 현재와 같이 고대의 만찬에도 맥주나 와인이 빠지지 않았는데 당시에는 음식과 술을 동일시했으므로 온갖 죄악을 유발하는 폭음을 탐식으로 보았기 때문이라는 견해도 있답니다. 현대에는 탐식 자체보다 그 결과인 비만을 경원시하기 때문이고요. 그 경우에도 남의 질책보다 자신의 죄책감이 더 크게 작용하지만요.

*

"뚱보 아줌마가 노란 비옷을 입고 가는데 사람들이 계속 손을 흔들더래. 왜 그랬게?"

"택시인 줄 알았대."

이런 농담이야말로 죄악이죠.

2024년 7월 20일

- 윌리엄 레이몽, 〈독소-죽음을 부르는 만찬〉(랜덤하우스, 2008)
- 박선미, 김희순, 〈빈곤의 연대기-제국주의, 세계화 그리고 불평등한 세계〉
  (갈라파고스, 2015)

저자는 비만이 야기하는 질병들이 암으로 인한 사망보다 많아진 서구사회의 현실을 분석하고 비만 그 자체가 어떠한 화학적 인공첨가물보다 더 큰 독소라고 주장합니다.

비만의 원인으로 운동 부족과 영양 과다섭취라는 2 big과 더불어 치안 불안과 교통수단의 발달, 에어컨의 일상화, 다양한 여가거리의 보급 등 많은 요소를 들었지만 흡연에 대한 혐오감도 그중 하나라는 분석에 묘하게 마음이 놓입니다.

태초에 인간에게 새겨진 기아에 대비하려는 유전인자는 진화에 따라 도태되고 있는 과정이라 비만으로 인해 평균수명이 일시적으로 줄어드는 것이 자연스러운 현상이라는 냉혹한 분석도 소개하고 있네요.

비만 그 자체가 질병으로 규정되어야 한다는 주장은 곱씹어 보아야겠습니다만.

*

어부 출신의 인기 명강사 배두로 씨는 오늘도 많은 청중들 앞에서 "사랑하는 자식에게 물고기를 잡아주지 말고 잡는 법을 가르쳐주라"는 요지로 강연을 해 우레와 같은 갈채를 받았습니다.

그런데 연단에서 보기에 이상한 반응을 보이던 두 사람이 줄곧 신경이 쓰여 강연이 끝나고 강연장을 나가는 그들을 따라가 물었다죠.

"젊은이는 어째서 그리 어두운 표정인가?"

"저희 집은 백프로 순수 채식주의자라…."

허탈해진 배두로 씨는 돌아서서 다른 이에게 물었습니다.

"어르신은 뭐가 그리 우스워서 아까부터 배를 잡고 웃음을 참고 계십니까? 티 난다구요."

"아아, 미안하네. 그치만 우리 집은 대대로 양어장 집안이라 그만 가소로워서. 하하 이거 웃음이 안 그쳐 큰일이네. 하하하."

이런 얘기는 우화 축에도 못 끼고 그저 개그 소재에 그치겠죠?

2024년 7월 18일

"날씨 관계없이 낮술 어때?"

"싫어. 너랑 나랑 낮술이 다르잖아."

"뭐가?"

"내 낮술은 '훤할 때'까지만 마시는 거지만, 니 낮술은 낮부터 '원할 때'까지 마시는 거잖아."

"그럼 오늘은 어둡기 전에 조기퇴근하고 헤어지기로 하자."

"안돼. 오늘은 어쩐지 내가 먼저 심야근무하자고 할 거 같아."

뭐지? 긴지 아닌지 당최 알쏭달쏭합니다. 다음날 낮까지 마시는 고수도 있다고는 합니다만.

- 피터 루이스, <무도의 전설과 신화>(황금가지, 2003)
- 최형국, <조선무사-조선을 지킨 무인과 무기 그리고 이름없는 백성 이야기>
  (인물과사상사, 2009)
- 이노우에 마사타카, <노 검사가 말하는 검도와 인간의 도>(다문, 2006)

얼마 전 우연히 무(武)에 대한 이야기를 듣게 되어 기억을 끄집어내보려고 구석에서 몇 권을 찾아 되짚어 보았습니다.

제 나름의 생각이지만 우리나라는 무예도보통지가 대변하듯 무예(武藝)의 나라이고 일본은 거의 모든 무술에 도(道)가 붙는 무도(武道)의 왕국인 듯싶습니다.

반면에 중국은 실용적인 민족성에 따라 무술(武術)을 익혀왔고요.

덩달아 태국의 무에타이나 미얀마의 거의 무규칙 살인 무술인 렛웨이도 무술(武術)이 확실합니다. 렛웨이는 무에타이에 없는 박치기까지 허용되는 살벌한 무술입니다. 그런데 여기에 더해 깨물기까지 허용되는 무술이 있습니다. 바로 이소룡의 절권도죠.

그런데 말입니다. 이에 더해 침 뱉기, 머리 끄들기, 흙 뿌리기까지 사용하는 참, 무술이라 하기에도 거시기한 문파가 있습니다. 주위의 무엇이든 집어던지거나 발로 차서 날리기도 한답니다. 뭐냐고요?

이런 게 전파되는 것이 그닥 바람직하지는 않아 차마 여기에는 공개하지 않겠습니다.

춘천 근교의 명소들을 소개합니다.

삼각산

엽서에 삼각산(三角山)으로 소개된 곳은 아무리 봐도 삼악산 정상 근처인 것 같은데 이름이 바뀐 걸까요? 북한강을 바라보고 있다는 설명이 있으니 더욱 궁금해집니다. 양평 부근에 삼각산이 있지만 거기서는 아마도 남한강만 보일 겁니다.

등선폭포는 1910년대 말에 일제가 경춘선 철도 개통을 위해 예비조사를 하다가 뒤늦게 발견했다는 얘기를 얼마 전 허준구 소장님께 들었습니다.

이것들이 가야 할 곳이 확실해지더군요.

등선폭포

춘천공립보통학교

춘천공립고등보통학교

춘천공립고등여학교

춘천공립농업학교

춘천공립보통학교, 춘천공립고등보통학교, 춘천고등여학교, 춘천공립농업학교, 일제강점기 춘천의 교육 기관들입니다. 이들 중 여학교만 이사를 가고 나머지는 아직 같은 자리에 남아 있네요.

공회당

공회당 사진은 얼마 전 무용가 최승희 연구자가 그녀의 자취를 따라 춘천공회당 자리를 찾아왔던 기억이 나서 올립니다. 지금의 명동 브라운상가 초입에 있던 춘천 유일의 공연장소입니다.

위의 사진들은 모두 당시에 발행된 우편엽서 실물을 찍은 것들입니다.

1970년대 초 남산에 있던 어린이회관을 현재의 자리로 옮겨 개관기념식에 춘천 봉의국민학교 태권도 소년들을 시범단으로 초대했습니다. 청도관에서 수련을 했더군요. 시가행진까지 했을 정도로 대단한 사건이었나 보네요.

춘천과 태권도의 인연이 어제오늘 일이 아닙니다. 아무리 들여다봐도 오랜 세월이 흐른 뒤라 아는 얼굴은 찾을 길이 없습니다. 분명히 한둘이 아닐 텐데도요.

태권도장 태극기 옆의 금연 표지판이 생뚱맞습니다. 게다가 기합 소리 우렁차야 할 곳에서 정숙이라니요.

명동

춘천시장

　일제강점기 춘천의 명동과 춘천시장의 전경입니다. 봉의산의 윤곽으로 보아 각각의 위치를 추정해볼 수 있습니다.

중앙로 로타리

1960년대 중앙로 로타리 모습인데 시청 방향을 찍은 것입니다. 왼쪽의 꽃집과 멀리 보이는 김안과는 칠십년대 초까지 있던 것이 또렷이 기억나네요.

한국전쟁 당시 미군이 찍은 폐허가 된 시가지 사진을 어디다 두었는지 찾으려 오전 내내 들쑤셔봐도 나오질 않아 무척 아쉽습니다.

어제 향토사학자 한 분을 만나 필요할 듯한 자료 하나를 건넸더니 자세히 들여다보고 하신 말씀이 머릿속에 남았습니다.

"오봉산이 아니라 청평산으로 표기가 된 지도는 처음 봅니다."

급기야 묵은 상자를 열어 조선 말기쯤에 제작된 것으로 보이는 지도 한 장을 찾았습니다. 살펴보니 여기에도 청평산으로 되어 있네요. 이것도 갖다드려야지 하다가 문득 이런 생각이 듭니다.

'이거 이거 어리버리 당수 팔단이라더니 내가 지금 더듬수에 걸려든 게 아닐까?'

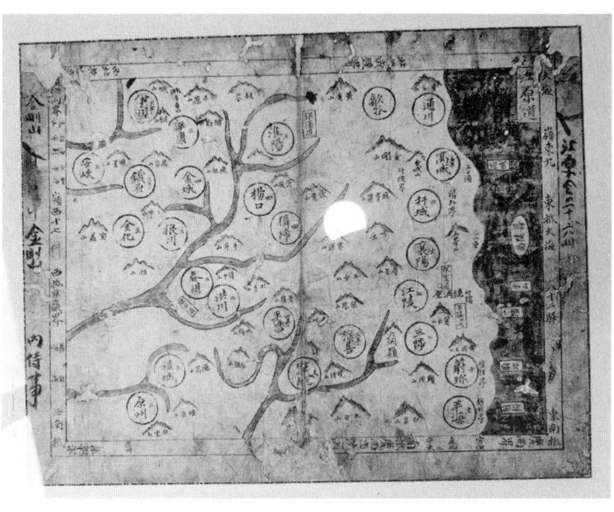

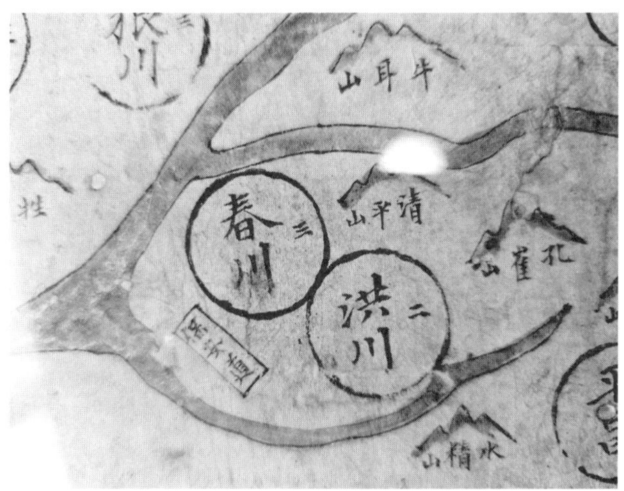

무려 팔십여 년 전 춘천 중앙로 로타리의 실물 사진입니다.

일본군의 진행 방향으로 보아 중앙로를 거쳐 봉의산 중턱에 있던 신사를 향해 가는 것으로 보입니다. 지금의 명동 모범약국 자리에 뚜렷이 춘천여행용품점 간판이 보이고 옆에 서점도 있습니다.

낡은 액자 뒷면에는 1918년으로 적혀 있으나 전신주가 늘어서 있고 확대경으로 보니 제36회 육군기념일이라는 휘장이 있습니다.

1943년 3월이 맞을 겁니다. 그해의 육군기념일은 군국 일본의 최후를 예감한 듯 동경을 비롯한 각지에서 어마어마하게 개최되었더군요.

당시에는 금강산 여행의 중간기착지 역할을 하던 곳이 춘천이라 대형 여행용품점이 있었겠지요.

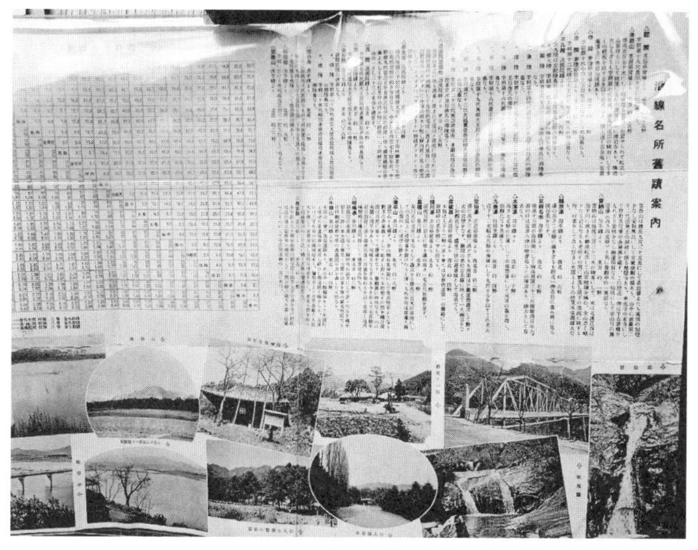

1939년 개통 당시의 경춘선 안내 선전지입니다.

춘천에서 성동역까지 정차장과 정류장이 각각 열두 개씩인데 요금 표를 보면 모두 열차가 섰던 곳들입니다. 지금은 가장 많은 승객들이 이용하는 남춘천역과 청량리역이 빠져 있네요. 학창시절 주말마다 오르내리며 스물세 개의 간이역을 헤아리던 추억이 새삼스럽습니다.

신남역 전의 성산역과 성동역 앞의 고상전역도 궁금해지네요. 서울에서 경주까지 가는 철도는 아직 미완성입니다.

2024년 7월 10일

비밀주의를 고수하는 섬 작가의 잡품 몇 점을 도찰했습니다. 이 안에 작가 본인을 비롯해 가족들이 모두 들어 있답니다.

나는 아무래도 보살이 되기는 글렀으니 다른 곳에 숨어 있는 모양인데 그나마 얼굴을 파묻거나 뭔가를 덮어씌워 놓았네요. 답다압합니다. 그나마 반이라도 보여주는 게 어딥니까.

그나저나 트로이의 목마는 왜 들려놓았는지 모르고도 모를 일입니다.

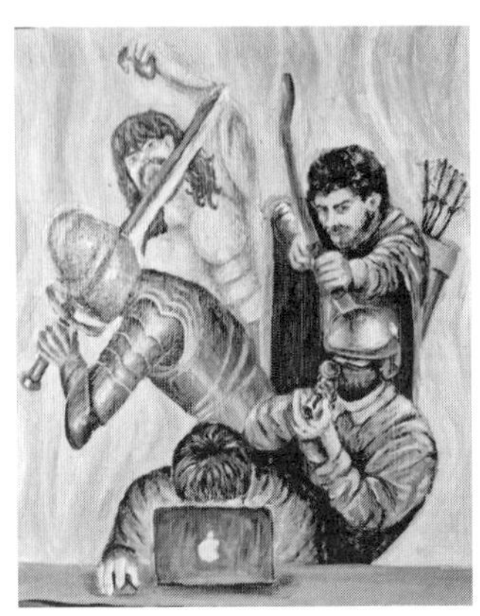

2024년 7월 6일

- 샤나 호건, <범죄의 책-인간의 심리와 악의 본질을 꿰뚫는 범죄의 실체>
  (지식갤러리, 2017)
- 해럴드 셰터, <연쇄살인범 파일>(휴먼앤북스, 2007)
- 로버트 K. 레슬러, <살인자들과의 인터뷰>(바다출판사, 2004)
- 이수광, <전 세계 세기의 연쇄살인마들>(북오션, 2016)
- 케빈 플린, <뉴욕타임스 크라임-166년간의 범죄 보도 이야기>
  (열린세상, 2020)

<독종과 별종들>에 이어 잡종, 변종, 악종 등을 만들어보려 애쓰다가 버려두었는데 긴 비가 닥치면 다시 도전해볼 요량으로 숭한 넘들을 모아놓았습니다.

잘 키운 연쇄살인범 덱스터나 한니발이 작가에게 얼마나 톡톡히 효자 노릇을 했는지 알기에 언감생심 강력범죄가 극히 드문 춘천을 배경으로 과욕을 부려보려고요.

아주 오래전에 이예춘과 도금봉이 나오는 국산 공포영화의 무대가 춘천 44번지라는 양옥집이었는데요. 아쉽게도 무슨 동이였는지는 기억이 없습니다. 어렴풋이 봉의산 밑자락이니 옥천동일 듯싶습니다. 소양로에는 당시 양옥이 없었거든요.

암튼 미성년자 입장 불가였지만 취학 전이라 이모 손 잡고 들어갔었는데 그게 <목 없는 미녀>였는지 <월하의 공동묘지>인지 헷갈립니다.

어릴 때의 오늘은 불꽃놀이를 보는 날이었죠.

독립기념일 전야 행사로 미군부대에서 폭죽을 아낌없이 쏘아대고 우리 모두는 신기한 구경거리에 넋을 놓았었고요.

다음날에는 부대 개방을 했는데 빙과라고는 설탕물을 얼린 '아이스께끼'밖에 없던 시절에 하나씩 나눠주던 초콜릿 입힌 아이스바를 하나 더 얻어먹겠다고 그 긴 줄을 종일 두 번이나 서곤 했습니다.

이날을 맞는 native American의 심정은 과연 어떠할지요.

정화함대는 어쩌자고 서쪽으로만 갔고 원나라의 여몽연합함대는 왜 태평양을 건널 생각은 못 했을까요. 어쩌면 같은 조상을 가진 후예들이 일찌감치 만났을 수도 있었을 텐데….

*

곰곰 생각해보니 설탕물이 아니라 당원을 푼 물을 얼린 거였다는….

- 베르나르 키리니, <육식 이야기>(문학동네, 2010)

도저히 음악이나 영상, 그림으로는 표현할 수 없는! 환상문학의 최고봉으로 주저 없이 추천합니다. 오로지 글로밖에 그려낼 수 없는 기기묘묘한 이야기들이 가득한 소설집.

에드거 앨런 포, 보르헤스, 마르셀 에메의 계보를 잇는 작가로 평가받는 베르나르의 고기가 등장하지 않는 <육식 이야기>를 넋 놓고 읽는 중에 전화기가 울립니다.

"저녁에 고기 좀 삶을 테니 나오시죠."

결국 피주(避酒)를 포기해야 하나 봅니다.

불러주는 게 어딥니까?

참, 저는 환상문학 하면 로얄드 달을 첫손가락에 꼽았었지만 이젠 생각을 달리해야겠더군요.

2024년 6월 28일

- 가쿠타 미쓰요, 고노 다케히로, <술이 달아 큰일이야-기승전술 부부의
  유쾌한 밤산책>(아르테, 2019)

"술이 달아 큰일"이라는 소설가, 음악가 커플의 기승전술 이야기를
읽는 내내 실소를 금할 수 없었습니다. 내가 단 거를 얼마나 싫어하는
데 엇따 대고 이런 헛수작을….

오래전에 주간 <한겨레 21>에도 젊은 기자가 아내와 함께하는 술집
순례기를 맛깔나게 연재하던 꼭지가 있었는데 단행본으로 나왔는지
궁금하네요.
어쩌자고 책꽂이 여기저기서 이런 잡스런 것들이 튀어나와 심기를 어
지럽히는지. 몽땅 싸다 내다 버리든지 암튼 가만둬서는 안 되겠습니다.
으흠. 설마 술이랑 바꿔먹기야 하려고요.

알콜 의존증, 알콜 중독, 알콜 탐닉, drinking problem, alcoholism….
가까운 사람이 '알콜사용장애'를 앓고 있다기에 헷갈려서 검색을 했더니 위와 같은 증세를 뭉뚱그려 점잖게 말하는 거라더군요.

알콜사용장애, alcohol use disorder!

computer use disorder 같은 맥락인 줄 알았더니 정반대의 뜻입니다.

그냥 '알콜 문제'가 있다고 하면 알아먹기 쉬울 것을….

저도 요사이 알콜 문제가 생겼습니다. 알콜 기피증과 술자리 회피증이 바로 그것이죠. 원인은 같은데 증상은 확연하게 다릅니다. 어느 쪽이 더 심각한 문제일까요?

- 꿍위즈, 펑셴즈, 스중취안 외, <마오의 독서생활>(글항아리, 2012)
- 이문구, <관촌수필>(문학과지성사, 1977)

1976년 9월 8일, 임종 당일. 의사가 응급 처치를 하는 상황에서도 마오쩌뚱은 책을 읽고 있었습니다. 대장정 시기에도 책들을 가지고 쫓겨 다닌 그는 전투 중에도 <사해(辭海)>라는 일종의 사전을 품고 있었답니다. 나폴레옹이 <젊은 베르테르의 슬픔>을 항상 지니고 다니며 말안장 위에서 읽었듯이요.

오바마 대통령은 늘 침실에 <모비딕>을 놓고 애독했다고 하죠.

우리나라에도 독서광으로 알려진 통치자들이 몇 있지만 '그 사람' 하면 딱 떠오르는 제목이 없네요.

저는 그저 시정잡배에 불과하지만 길 떠나기 전 책을 고를 시간이 없을 때 언제든 주저 없이 뽑아 들 수 있는 작가를 가진 행운아입니다.

2024년 6월 25일

'빨간 마후라' '돌아오지 않는 해병' '들국화는 피었는데' 매년 이맘 때면 생각나는 옛날 영화 제목들입니다.

어릴 때 독립군 영화 못지않은 인기를 누렸던 전쟁영화가 이젠 흥행이 안 되어서인지 <태극기 휘날리며> 이후 몹시 드물어졌네요. 섬나라에서는 매년 8월이면 군국 일본을 묘하게 비장미로 포장한 대작들이 꾸준히 개봉되어 인기몰이를 하고 있는데…

어릴 때 본 영화에서 국군으로 출연해 밀려드는 중공군을 저지하다가 총알이 떨어지자 입으로 "두두두두 타앙 탕 타앙 두두두두" 하며 성대모사를 하던 당시 유명했던 '희극배우'의 표정이 잊히지 않습니다. 그때는 생각 없이 다들 폭소를 터뜨렸던 장면이 지금 생각하면 얼마나 서글프고 안타까운지요.

대륙에서는 지금도 항일투쟁을 소재로 한 영화나 드라마가 흥행불패랍니다.

<전투>를 본떠 만든 연속극 <전우>가 생각나는 아침입니다.

- 유기택, <고양이 문신처럼 그리운 당신>(달아실, 2024)

고관절이라던가? 암튼 걷거나 좌식 테이블에 앉기도 불편한 몸으로 시집을 전해주러 자전거를 타고 와 이른 점심으로 냉면까지 사 주고 훌쩍 가버렸습니다.

젊은 날 조국에 바친 것이 청춘만은 아닌 거죠.

조교 시절 <배달의 기수> 촬영을 오면 피교육생 복장으로 도하훈련 시범을 보인답시고 강물이 아니라 모래밭으로 처박히곤 했는데… 저도 은근히 걱정이 되네요.

이 시인은 낙하산을 메고 얼마나 뛰어내렸을까요?

처방 약도 팽개치고 "잘 보듬어가며 함께 살아가야죠." 남의 말 하듯 남기고 가는 뒷모습을 한참 바라보았습니다.

2024년 6월 20일

<먹고 자는 마르타>, <백년식당-요리사 박찬일의 노포 기행>, <호쿠사이와 밥만 있으면>, <신 중화일미>, <오늘의 버거>, <집에서 한잔>, <식탁의 길>, <미스터 요리왕-마음을 전하는 요리 이야기>, <언젠가 티파니에서 아침을>, <카사노바의 맛있는 유혹>, <맛보기 전엔 죽지 마라-떠나라, 자전거 타고 지구 한바퀴>, <오늘의 행복 레시피-프랑스 요리사 로베르가 차려주는 행복한 부엌 이야기>, <추억을 파는 식당>, <한 그릇 더!>, <사치네 사찰 요리>, <후다닥 한끼>, <마오쩌둥은 어떤 음식을 좋아했을까>, <먹거리의 역사>, <음식문화의 수수께끼>, <평양냉면>…. 책장을 대충 살펴봐도 모르는 새 걸신이 들렸었거나 전생에 아귀가 아니었다면 틀림없이 뱃속에 걸뱅이가 들어앉았었나 봅니다.

"밥맛이 없으면 입맛으로 먹어라"시던 어른들 말씀을 귓등으로 듣고 눈맛으로만 때우며 살았는지 그 흔적들이 낭자하기 이를 데 없습니다.

의식주가 아니라 식의주(食衣住)가 맞다던 대륙 친구 말이 새삼 떠오르네요. 우리나라 노숙자는 돈이 생기면 목욕탕엘 먼저 가고 저들은 요릿집엘 간다는 말이 맞더군요.

더위를 너무 먹어 배가 꽉 찬 건지 아무리 해도 입맛 당기는 걸 찾을 수 없으니 이를 어쩌면 좋을까요.

- 데이비드 발다치, <진실에 갇힌 남자>(북로드, 2020)
- 넬슨 드밀, <플럼 아일랜드>(랜덤하우스, 2009)
- 요 네스뵈, <레오파드>(비채, 2012)

저 때문에 책 읽기에 재미를 붙였다는 친구가 천연덕스레 묻습니다.
"더운데 가볍게 읽을 거 없어?"
어쭈? 마치 맡겨놓은 물건 돌려달라는 듯이요.
소소한 앙갚음으로 각각 600, 700, 800페이지에 달하는 읽기에 가볍고 들기에 '무거운' 넘들을 골라주었죠. 이게 다가 아닙니다. 이 책들은 무게에 더해 무서운 함정들을 감추고 있습니다. 이 시리즈들은 모두가 너무 재밌어서 틀림없이 존 커리(<플럼 아일랜드>)의 다음 이야기가 궁금해 미쳐버릴 거고, 데커 시리즈(<진실에 갇힌 남자>)는 과거의 사연을 알고 싶어 죽을 지경이 될 거고, 해리 홀레(<레오파드>)는 그가 맡은 모든 사건들이 궁금해서 환장할 겁니다.
이만하면 충분한 응징이 되었겠죠?
속이 다 후련하네요.

2024년 6월 18일

춘천 닭갈비 막국수축제에 대하여

1. 닭요리와 국수축제로 나누어 비엔날레 형식으로 한다.

2. 닭갈비, 막국수 두 끼, 세 끼 먹기 힘드니 세계 각지의 닭, 국수 요리를 초청한다. 후원 받기도 쉽고, 라면회사, 치킨 프랜차이즈가 좀 많은가, 굳이 해외에서 안 와도 우리나라에 다 있다.

3. 큰돈 들여 가수 부르지 말고 이주일, 배삼룡 흉내 내기, 김추자, 노사연 모창대회를 열자.

4. 막간에 닭 울음 모사하기와 국수 뽑기나 썰기, 빨리 먹기 경연을 한다.

5. 닭 위령제를 해주고 가장 많은 고객이 찾은 점포를 뽑아 시상을 한다.

6. 춘천의 업소들은 굳이 출점하지 말고 자기 점포에서 각자 이벤트성 프로그램을 준비한다. 그래야 외래방문객들이 시내를 나오고 매년 겪는 중심상가의 한산함을 피할 수 있다.

7. 닭이나 국수에 관한 퀴즈대회 등 각종 콘테스트 입상자나 방문객 추첨 상품으로 시내의 닭갈비, 막국숫집 상품권을 준다.

8. 중국 등지에서 면 뽑기 장인들을 초청해 곳곳에서 볼거리를 제공한다.

9. 닭이나 면을 소재로 창작요리 경연을 한다.

10. 시내 막국수, 닭갈빗집 등을 소개하는 소책자와 지도를 만들어 나눠준다. 화양연화 같은 특이한 카페들도….

제가 십수 년간 이렇게 저렇게 건의해오던 사항들입니다. 한낱 오지
라퍼의 망상일까요? 그러고 보니 초계탕과 닭칼국숫집들은 매년 바쁘
겠네요. 꿩 냉면집도 끼워줘야겠죠?

덤으로 우리나라 식문화 중 가장 취약한 분야인 디저트 페스티벌을
곁들인다면 금상첨화라는 생각을 해봅니다. 국수 만들어 먹는 마임 공
연도…:

- 왕시룽 엮음, <그림쟁이, 루쉰>(일빛, 2010)

르네상스적 인간!

제가 별로 좋아하지 않는 인간형입니다. 주변을 둘러보면 글도 잘 쓰고 그림도 잘 그리며 심지어 음악이나 춤에도 일가견이 있는 사람들이 종종 있죠. 한 과목도 벅찬데 전 과목을 '다' 잘하는 사람을 보면 부러움보다 샘이 나는 건 저뿐일까요?

노신 선생은 그림도 좋지만 그가 디자인한 수많은 책 표지들의 속 뜻을 읽다 보면 그저 부러움이나 질시 따위를 압도하는 감탄만 나올 뿐입니다. 게다가 전각까지⋯

실은 달아실이라는 작은 출판사에도 그런 괴물이 하나 웅크리고 있다는 자랑을 하고 싶은 겁니다.

*

대충 골라봐도 책꽂이에 음식에 관한 일본만화들이 여간 많은 게 아닙니다. 딱히 식탐이 과하거나 입맛이 까다로운 편이 아닌데도요. 실은 일본어 공부를 만화로 했던 탓입니다.

일상회화를 배우기에 가장 좋은 교재라는 생각은 지금도 변함이 없죠. 자연스럽게 번역판도 찾아보게 되었고요. 그 결과 지금은 일본 어느 식당엘 가더라도 마음이 느긋해집니다. 이것저것 주문하느라 늘 식탁이 비좁아지는 부작용은 어쩔 수 없지만요. 대부분 장기간 이어진 연재물들이라 실제로는 그 양이 어마어마해 책꽂이도 비좁습니다. 많이 덜어내야겠네요.

- 다케노우치 히토미, <혼술 땡기는 날-본격 혼술 가이드>(애니북스, 2017)

주인공은 프리랜서 작가의 삶에 걸맞게 시도 때도 없이, 정확히는 내킬 때에 쉽게 조달할 수 있는 재료들로 안주를 만들어 혼술을 즐깁니다. '전골과 술을 즐기는 방법'에서 어리둥절하다 빵 터졌습니다.

진지하고 엄숙하게 다음과 같이 써놓았네요.

1. 전골이 끓기를 기다리며 마신다.

2. 전골 요리를 먹으며 함께 마신다.

'뭐지?' 곰곰 생각해보니 1번에도 깊은 의미가 있네요. 안주가 나오기 전의 한 잔이 주문한 요리에 따라 맛이 다르다는 경지에 이르지는 못했지만 어쩐지 알 듯도 합니다.

'회 써는 모습' '고기 굽는 냄새' '찌개 끓는 소리'

모두 훌륭한 안줏감이라는 깨달음을 얻었습니다.

2024년 6월 12일

- 야마다 코우이치, <라멘 대백과 1~4>(조은세상, 2012)
- 스콧 F. 파커, <커피, 만인을 위한 철학>

라면 봉지에 표기된 유통기한은 보통 6개월이지만 선선한 곳에 보관하면 그보다 훨씬 길어진다고 합니다. 그런데 면과 액상 스프, 분말 스프, 건더기 스프의 유통기한이 제각각인 것은 어떻게 이해해야 할까요? 면 따로, 스프 따로 파는 것도 아닌데….

라면을 끓여 오 분 만에 들이키고 카페에 앉아 그보다 다섯 배나 비싼 커피를 앞에 두고 하릴없는 고민을 합니다.

2024년 6월 10일

- 구스미 마사유키, <일단 한잔, 안주는 이걸로 하시죠>(살림, 2019)

수많은 요리만화의 원작자인 이 아저씨는 가끔 <고독한 미식가>의 말미에 등장하여 드라마에 소개된 식당에서 기분 좋게 한잔하는 모습으로 낯이 익습니다.

오늘따라 저녁은 뭐 먹을까 고민이 되더군요. 저녁 혼밥은 너무 서글퍼 외식은 일단 제껴두고… 냉장고냐, 편의점이냐, 배달인가 망설이다가 마침 손에 닿은 책을 펼치자마자 첫 번째 장에 꽂혔습니다.

계란과 파만 넣고 밥을 볶아 간장에 불맛을 더하니 그럴싸하니 먹을 만합니다. 이 아저씨 말대로 소주 언더락스와도 잘 맞을 것 같네요. 집에 소주가 없으니 언젠가 중국집엘 가면 꼭 한번 시도해보고 싶어집니다.

단, 새우나 돼지고기는 넣지 말아야 밥이 식더라도 느긋이 즐길 수 있다네요.

중국 술은 물론이고 어떤 술과도 안 어울리고 오로지 소주 미즈와리여야 한다는 말에 무조건 동의합니다.

밥안주가 하나 늘었습니다.

잃어버린 것들을 귀신같이 찾아주거나 대안을 제시해주고 약간의 복채를 받는 아주 용하다는 도사가 있었습니다.

"안경을 잃어버렸는데요?"

"못 볼 꼴 덜 보고 살으시라네."

"우산을…?"

"비 오는 날엔 나오지 말고 집에서 책을 읽으시게."

"핸드폰을…?"

"무의미한 관계들은 이참에 정리하시라는 뜻이구만."

그렇게 명쾌한 풀이를 이어가며 이름을 떨치던 어느 날, 한 청년이 차례가 오자 쭈뼛거리며 말을 꺼냅니다.

"저어… 오다가 그만 지갑을 잃어버렸는데요."

"그래? 뭐가 들었는데?"

"신분증이랑 카드하고 현금 전부요."

"……"

한참을 침묵하시던 도사님이 마침내 하시는 말씀,

"으흠, 그럼 거 다음에 다시 오시게."

- 만슈 기쓰코, <웰컴 투 알코올중독 원더랜드-100% 리얼 논픽션 만화>
  (박하, 2015)

정말로 우리가 아직 발견하지도 못한 먼 우주에서 지구를 관찰하러
온 지적인 외계생명체가 있다면 왜 그토록 눈에 띄고 대기권 비행에는
매우 비효율적인 모양의 비행체를 만들었을까요? 우리 인간들도 적진
에 침투하는 특수부대원들은 적군의 장비와 복장으로 위장을 하는데.
하물며 하등생물들마저 보호색이나 위장무늬를 갖추고 때로는 변형
까지 하는데. 너무너무 궁금했었죠.

알콜중독에 관한 책을 보다 뜻밖에 명쾌한 답을 얻었습니다.

'페이크 플레인', 비행기로 위장한 외계인의 UFO!

그렇다면 접시 모양 비행체는 반대의 경우겠지요. 문제는 중독자의
눈에는 모든 비행기가 페이크로 보인다는 거랍니다. 작가는 차마 입에
담을 수 없는 특이한 필명과 미모로 유명한 여성입니다.

정 궁금하신 분은 검색해보시길. '만슈 기쓰코.' 표지그림이 페이크입
니다.

2024년 6월 7일

　우리나라 국민 평균수명이 53세 남짓이던 1961년에 첫선을 보인 박카스는 알약이었습니다. 당시 기술이 부족한 탓인지 자꾸 부스러지고 습기가 차는 등의 이유로 그다지 주목을 못 받았었죠. 그러다가 1963년에 드링크제로 출시하면서 가히 선풍적 인기를 끌게 되었습니다.

　약국 외 판매용으로 F가 나오면서 D가 'drink'가 아니라 주성분의 약자로 탈바꿈했습니다. 의약품이 아니면서도 전 세계 제약업계의 불가사의가 된 히트 비결이 과연 그 성분에 있을까요?

　고교 시절 독일어 시간에 박스째 들고 오셔서 수업 도중에 수시로 마실 정도로 중독이 되신 선생님이 계셨습니다. 술은 입에도 대지 못하시고 줄담배를 피우시던… 무섭기만 하던 백시덕 선생님!

2024년 6월 5일

- 웰스 케이코, <타는 태양 아래서 우리는 노래했네-힙합과 R&B의 뿌리를
  찾아서>(돌베개, 2019)

남부의 흑인 노예들이 뜨거운 햇볕 아래서 옥수수를 따고 껍질을
벗길 때 부르다 하나의 장르가 된 '옥수수 껍질 벗기기' 노래들은 오히
려 고된 노동을 잊으려 즐거운 가사로 이루어져 있답니다.

마이클 잭슨의 전설적 앨범 <스릴러>에 수록된 명곡들의 기원과 문
워크가 어디서 비롯되었는지 등 흥미진진한 흑인음악의 역사를 귀에
쏙 들어오게 알려주는 명쾌하고 가벼운- 물리적으로요-책입니다.

<Stand by me>

이 노래의 기원이 무려 110년 전 감리교 목사 찰스 앨버트 틴들리가
흑인 성가에서 영감을 받아 만든 곡이라네요. 그녀가 아니라 "신께서
제 곁을 지켜주세요"라는 소망을 담아…

- 성석제 엮음, <맛있는 문장들>(창비, 2009)

자칭 '문학집배원' 성석제가 찾아낸 맛있는 문장들입니다.

시(詩)의 경우라면 저작권 문제 때문에 편집자를 엄청 힘들게 했겠지만 소설에서 발췌한 글들이라 가능한 기획물입니다.

다이제스트나 이런 류(類)의 책은 별로 가까이하지 않는 편이지만 맨 앞에 너무 좋아하는 작가들이 나란히 이름을 올리고 있는 것이 마음에 들었나 봅니다.

저는 집배원(集配員)보다는 집배원(輯配員) 노릇을 톡톡히 하는 문장수선공과 가까이 지내는 호사를 누리고 있죠. 그는 또한 매주 월요일 아침 신선한 시를 조건 없이 나눠주고 있는 부지런하고 참한 배달부이기도 하답니다.

- 아베 야로, <야마모토 귀 파주는 가게>(미우, 2010)

불혹의 나이에 소학관 신인코믹 대상을 받고 데뷔한 아베 야로의 처녀작입니다.

연재 초기에 중단되었다가 십 년이 지난 뒤에야 에피소드를 추가해 단행본을 펴냈다죠. 짧지 않은 침체기를 거쳐 드라마와 영화로 널리 알려진 <심야식당>이 히트한 덕분에 가까스로 빛을 보았답니다.

이 만화가 나온 이후에 실제로 귀 파주는 가게가 생겨나 체인점을 열 정도로 많은 인기를 끌기도 했다니 과연 섬나라답네요.

대륙이나 동남아에서는 사우나에서, 우리나라는 이발소에서 서비스해주던 시절이 있었는데 지금은 모르겠습니다.

읽고 있으면 귀가 가려워지는 별스런 책입니다.

2024년 5월 30일

1980년 여름방학 때 유네스코 학생교류 프로그램으로 처음 일본 땅을 밟았습니다.

만나는 그쪽 학생들마다 고슈(光州) 이야기를 묻는데 일본어가 짧은 데다 정보가 부족하고 깊은 사정을 모르는 탓에 대화가 이어지지 않으니 모두들 혀를 차며 그만 고개를 절레절레 젓더군요. 귀국 전날 한 친구가 전해준 책이 일본공산당이 운영하는 적기(赤旗)출판사에서 나온 '광주항쟁 화보집'이었습니다.

해외여행을 가려면 중앙정보부에서 주관하는 안보교육을 이수해야 하던 시절이라 지레 겁을 먹어 가지고 오지는 못했지만 붉은 바탕에 박힌 표지 사진은 잊을 수가 없습니다. 지금은 널리 알려진 사진입니다만.

거대담론은 꺼내길 피하는 축이지만 서울역 회군 당시 마지막까지 광장에 남았던 복학생의 안타까운 심정으로 점점 옅어져가는 오월의 끝자락을 보냅니다.

광주 민중항쟁

'문화인류학을 전공하고 석사과정은 식문화를 연구하는 한편 전통 요리법을 전수받은 후에 세계 각지를 떠돌며 각 지역의 조리법을 배우고 돌아와 자신의 식당을 열어 오너 셰프가 된다'는 것은 꿈으로 남겠지만⋯.

절대 미각을 지닌 고수와 각 문파의 미협(味俠)들이 전설의 요리법이 수록된 비급을 차지하려고 다투며 요리 대결을 펼치는 미림쟁패(味林爭覇) 이야기를 쓰고픈 욕심으로 관련 서적들을 무던히도 찾아 읽었습니다.

하지만 실제로 음식을 만드는 데는 젬병인 것을 깨닫고는 이 역시 그저 꿈으로만 간직해두었죠.

결국 미치(味痴) 숙수 혹은 라면도 제대로 못 끓이는 요리평론가를 염두에 두고 있습니다. 왜 거 맹인 협객 자토이치나 외팔이 검객도 있듯이요. 말이 난 김에 아예 '개념요리'로 가볼까요?

제목도 정해두었었죠. 가칭 '미림한사(味林汗史)'!

2024년 5월 27일

- 작가 미상, <음식방문>

각종 김치부터 마지막 보리소주 만드는 법까지 262가지 전통 조리법을 124쪽에 걸쳐 세필로 적어놓은 요리책입니다.

조선시대 <음식방문>은 몇 가지가 발굴되어 알려져 있으나 제가 이십여 년 전에 입수한 이것과는 내용이 많이 다르더군요.

표지에는 소화4년(1929)으로 표기되어 있고 말미에는 단기 4282년(1949)에 필사했다고 적혀 있으나 어느 숙수가 오래 전해오던 책들을 두루 참고하여 발췌한 것들에 구전 조리법을 더해 독자적으로 엮은 것인 듯합니다.

욕심을 내어 음식디미방을 비롯해 여러 전통요리책들을 참고해가며 덤벼봤으나 역부족이라 책장 뒤칸에 방치했던 것을 이것저것 정리하다 찾아냈습니다.

옛 우리말에 조예가 있으시고 우리나라 전통요리에 남다른 관심을 가진 분을 만나 빛을 볼 수 있다면 쾌히 전해드리고자 합니다. 만약 출판을 하시게 된다면 달아실에 우선권을 주시기를 바랄 뿐입니다.

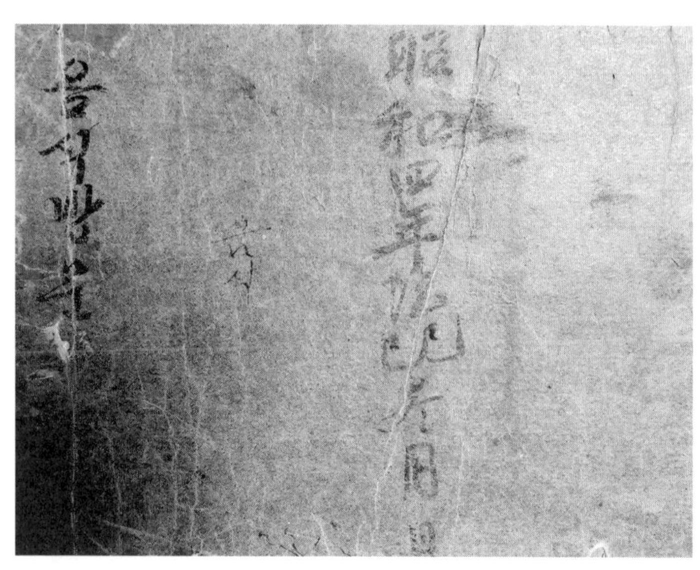

목록

간장	一	갖갖치	七
진간장	一	널젓국지	七
그늘쟝	一	숙젓찬맛지	七
뿌구초쟝	二	외간맛지	七
집쟝	二	국쟝	八
어육침치	三	쟝짠지	八
동침이	三	쟝국밥	八
셕박지	四	깍뒤기빵	八
동와셕박지	四	삼합지염	八
갓침치	五	쟝국볌이	八
비차등김치	五	소쥬원이	九
쟝김치	六	밋쥬	
뿌김치	六		

파산젹　　　　二二　게조　　　　　二五
슝어산젹　　　二二　쟝조림　　　　二四
슝규초산젹　　二二　박산젹조림　　二五
녑ᄃᆞᆯ산젹　　二三　셩치쟝조림　　二五
셕산젹　　　　二三　셩치쟝맛지　　二五
너븨안이　　　二三　쟝복기　　　　二六
쟉산젹　　　　二三　콩자반　　　　二六
젼ᄂᆞᆨᄀᆞᆯ이　二三　튀각　　　　　二六
붕치구이　　　二四　민ᄃᆞ쟈반　　二六
견초　　　　　二四　들셔쟈반　　二六
박초　　　　　二三　쳔ᄃᆞ한
산초　　　　　二四　밧ᄂᆞ지ᄇᆞᆷ
쟝초　　　　　二四　탄평치
어초　　　　　二五　ᄅᆞᆫᄆᆞᆯ

…쳐 ᄒᆞᆫ고 싯ᄲᅡ …져 죠희라

쟝복기

술 관ᄋᆞᆯ 낡ᄭᅵ니 새옹에 ᄲᅵᆯ조ᄃᆞ치고 ᄒᆞᆯ화 복그되 파셩강 고기ᄅᆞᆯ 겨녁고 자 조쳐녀 복
술ᄭᅵ리ᄅᆞᆯ ᄡᆞ니 녀ᄒᆞ고 자 조쳐녀 복
그라

콩ᄌᆞ반

콩을 ᄉᆞᆨ 삼ᄒᆞ고 그ᄅᆞᆯ에 진쟝에 파ᄅᆞᆯ 세소금고 흥ᄀᆞ로 ᄡᆞᆯ기겨 녁고 죠희라

튀각

2024년 5월 23일

- 미카엘 올리비에, <나는 사고 싶지 않을 권리가 있다>
 (바람의아이들, 2012)

 '사지 않을 권리'를 넘어 '사고 싶지 않을 권리'마저 포기하라는 광고의 홍수 속에서 물질만능주의에 대한 저항 이야기입니다.
 주인공은 "행복해지려면 모든 것을 버려야 할까요?"라는 화두를 품고 풍요롭게 보이지만 허전한 삶에서 벗어나 부족함의 소중함을 찾아갑니다.
 '뚱보, 내 인생' '나는 내가 누구인지 말할 수 있었다'
 저자의 다른 책 제목들만 보아도 울림이 크네요. 알리와 테무 현상을 보고 다시 꺼내든 '청소년을 위한' 책입니다.
 서점에서 무심코 '나는 살고 싶지 않을 권리가 있다'로 보고 집어들었던 기억이….

2024년 5월 19일

- 조정진, <임계장 이야기-63세 임시 계약직 노인장의 노동 일지>

　(후마니타스, 2020)

임계장, '임시 계약직 노인장'

고다자, '고르기 쉽고 다루기도 쉽고 자르는 것도 쉬운'

열악한 환경에서 과로나 질병으로 쓰러져도 노환이라며 해고통지가 전부인,

　고령 노동자들의 이야기입니다.

고르기 쉬운 것보다 '고분고분해서'라는 말이 더 안쓰러운….

- 사사키 마키, <해변의 거리>(북스토리, 2013)

- 다쓰미 요시히로, <동경 표류일기>(북스토리, 2020)

날씨가 좋은 탓에 한산할지도 모르는 전시회장을 지키느라 따분한 시간을 보내고 있을 친구에게 갖다주려고 그림책 두 권을 골랐습니다.

하나는 무라카미 하루키가 그림을 보자마자 반해 자신의 첫 소설 장정을 간청해서 소망을 이뤄 행복했다고 하는 1946년생 작가의 만화 같지 않은 만화집(<해변의 거리>)입니다.

또 하나는 일본 극화의 아버지라 일컬어지는 1935년생 노작가의 작품집(<동경 표류일기>)으로 제가 일본 헌책방에서 우연히 접해본 뒤 나중에 번역본이 나온 것을 보고 참 대단한 출판사라고 감탄했던 작품집이죠.

둘 다 이 분야 책으로는 매우 보기 드문 하드커버 장정본입니다.

영화 쪽 일을 하며 대학에서 강의도 하는 친구가 짬을 내어 밥 한끼 같이하자고 멀리서 찾아왔습니다. 굳이 고깃집 가자는 것을 속이 좋지 않으니 간단히 하자며 근처 짬뽕집으로 이끌었습니다. 적지 않은 나이의 그가 마지막 승부를 걸었다는 영화 얘기를 재미있게 들었죠.

<아마존 활명수>!

브라질 현지 촬영까지 모두 마치고 올가을 개봉을 목표로 마무리 편집 중이라는 이 영화는 아마존 원주민 전사를 훈련시켜 한국에서 열리는 세계양궁대회에 출전한다는 기발한 내용으로 유승룡, 진선규 두 연기파 배우가 <극한직업> 이후 5년 만에 호흡을 맞췄다고 하네요.

별다른 사정이 안 생기면 그가 제작한 <말죽거리 잔혹사> 20주년 행사도 개봉에 즈음하여 올해 안에 하겠답니다.

무엇보다도 흥행이 잘되면 각각 드라마와 영화로 각색 중인 달아실 출간의 소설 두 편을 후속작으로 만들고 싶다니 부디 대박을 터뜨려 가난한 출판사에게도 희소식을 전해주길 기원합니다.

- 아민 말루프, <아랍인의 눈으로 본 십자군 전쟁>(아침이슬, 2002)

"나는 십자군의 총사령관 요한 바오로 2세를 죽이기로 결심했다."
1981년 5월 13일에 교황을 암살하려 했던 메메트 알리 아그카가 편지에 쓴 글입니다.

서구인이 말하는 십자군 원정이 아랍인들에는 그저 프랑크의 침략전쟁일 뿐이죠. 천 년을 이어온 그들의 싸움은 끝이 보이지 않고 해결의 실마리가 어름잡히지도 않네요. 어느 한쪽이 네안데르탈인의 전철을 밟아야만 끝나는 것인지….

인간의 잔혹함은 늘 상상이 현실을 뛰어넘지 못합니다. 자칫 잊혀진 전쟁이 되지는 않을까 우크라이나의 앞날이 걱정입니다. 그저 기우에 그치면 좋겠다는 오지랖입니다.

핏빛 선명한 책들을 골라놓았다 했더니 기왕이면 한 걸음 더 나간 것들은 없냐고 하기에 부득이 책장 뒷칸을 샅샅이 뒤져 숨어있던 녀석들을 찾아냈습니다.

<식인종의 요리책>, <에덴의 왕>, <식인 사이코패스가 몰려온다>, <도쿄구울>, <중국의 식인문화>, <트루데 부인>, <식인문화의 풍속사>.

가끔 보신탕을 못 먹는다는 가까운 친구에게 "그래, 개는 개 안 먹지." 하고 짓궂은 농을 던지곤 했는데 이는 속뜻은 다르지만 "늑대는 늑대를 물지 않는다."를 살짝 비튼 것으로 친근한 사이에만 통할 수 있는 위험한 대사임을 압니다.

사실 외계에서 온 포식자보다 인간이 인간을 먹는 이야기들이 훨 무섭죠. 그러나 옛날에는 이민족을 인간으로 간주하지 않던 때라 정작 당사자들은 식인이 아니라고 생각했다니 일견 수긍이 갑니다.

우리의 옛 이름 동이(東夷)는 오소리를 뜻했다니…. 서융은 양, 남만은 뱀, 북적은 개라 했는데 모두 중국인들이 지금도 즐겨 먹는 것들입니다.

비록 외계 생물체의 식인이야기지만, 저는 미헬 파버르의 소설 <언더 더 스킨(Under the skin)>(문학수첩, 2014)을 이 분야에서 최고로 꼽습니다. 소설은 물론 영화도 전혀 손색이 없습니다.

2024년 5월 12일

책들을 정리하고 있다는 소식을 들은 지인 하나가 핏방울이 튀고 선혈이 낭자한 것들을 찾기에 몇 권을 골랐습니다.

- <피의 책>, <피의 백작부인>, <순수한 피>, <피철사>, <살인은 없었다>, <블러드 워크>, <음흉하게 꿈꾸는 덱스터>, <피의 콘클라베>.

점점 자극적이고 잔인한 범죄로 가득한 요즘 수사물보다 정통 추리물이나 고전적 하드보일드 액션물을 좋아하는 제게도 적지 않은 잔혹물이 있더군요. 내심 피 한 방울 나오지 않고 주검도 없는 공포물을 쓰고픈 욕심이 있었던 흔적인가 봅니다.

저는 장르에 관계없이 드라마나 영화보다는 원작 소설을 더 좋아하는데 <덱스터>만큼은 예외였다는 극히 주관적 생각입니다.

2024년 5월 11일

"왜 자신이 주최하는 행사의 오픈 식장에 안 나타시는 거죠?"

찰스 사치에게 묻자 이렇게 답했다죠.

"남의 오픈식에도 안 가는데 내 거에만 갈 수는 없어서요."

비할 바는 못 되지만 제 경우엔 북적이는 장소를 꺼리기도 하고 넥타이 매기 거북해서 전시 첫날에는 잘 가지 않습니다.

부득이 오늘은 미룰 수 없는 자리엘 가야 하네요. 다행하게도 비가 뿌려줘서 세미 정장으로 길을 나섭니다. 작가에 대한 최소한의 존경을 표하는 나름의 인사법이랍니다.

2024년 5월 10일

쌀 10kg을 사려고 마트엘 가다 살짝 배가 고파 동네 중국집엘 들렀습니다. 시장기가 가시자 무심코 5kg 짜리를 골랐네요. 짜장면 한 그릇이 5kg만큼의 공복감을 덜어주었나 봅니다.

문득 어릴 적 동네 구멍가게에서 한 끼니 분의 쌀을 신문지로 만든 봉지에 담아 팔던 기억이 납니다. 실은 그것이 양곡관리법에 저촉된다는 것은 나중에 알았습니다.

지금은 드물어진 싸전에서만 쌀을 취급해야 하지만 됫박으로는 사기 어려운 이웃이 얼마나 많았던지. 국수도 한 줌씩, 밀가루도 그렇게 신문지봉투에 담은 걸 팔던 허기진 시절이 있었습니다.

2024년 5월 7일

"너, 올해까지 어린이 대우해줄게. 뭐 하고 싶어? 갖고 싶은 거 없어?"

"아빠, 금방 어버이날 오는데 그냥 퉁치면 안 돼?"

"다음주에 아빠 생일도 있는데?"

"아빠 바보야? 나도 생일 있으니 그때 퉁치면 되지. 정 그러면 나 부페에서 아빠 생각하면서 먹을게. 아빠도 그렇게 하면 어때?"

가정의 달을 맞아 식구끼리 원격 외식을 했습니다.

점점 가까워지고 있네요.

곧 평준화가 될 듯싶습니다.

2024년 5월 5일

얼마 전에 장소를 옮겨 새로이 업소를 열려고 한다는 친구가 거금을 내걸고 상호를 공모한다기에 '악의 소굴'이 어떠냐고 했습니다.

'惡의 소굴, 樂의 소굴, Rock의 소굴'.

너무 맘에 든다 하더니 결국 너무 쎄다고 일부만 채택하더군요. 포상금 대신에 거하게 한턱 얻어먹고 가게엘 가서 업장 곳곳에 써 붙일 표어 몇 개도 서비스로 권해주었습니다.

'망가질 결심'

'만취자 보호구역'

'정상인 출입금지!'

'흡연을 위하여 지나친 건강을 삼갑시다!'

생전에 전혀 술을 안 마시던 분께도 제사상에는 술을 올리는 까닭이 분명 있겠죠.

오전 내내 묵은 성냥갑들을 정리하느라 해묵은 먼지를 한 갑은 먹었습니다.

가을에 춘천문화원에서 모종의 전시를 기획하고 있다기에 이참에 성냥으로 1970~80년대의 춘천 시내 업소지도를 만들면 어떻겠냐고 했더니 담당 학예사가 흔쾌히 좋다고 하더군요.

성냥곽 하나하나마다 여간 추억이 새록대는 게 아닙니다. 전시가 끝나면 아직 영업을 하고 있는 업소에는 작은 액자로 만들어 선물하자고 건의해 보겠습니다.

지금은 거의 사라진 다방 성냥이 압도적으로 많네요. 지역은 명동과 요선동이 태반입니다. 문 닫은 업소들의 성냥들은 전직, 아니 지금도 현역으로 활동하고 있는 석사동 판돌이에게 갑니다.

2024년 4월 30일

- 김현식, <'삐라'로 듣는 해방 직후의 목소리>(소명출판, 2011)

예전에 <삐라로 듣는 해방 직후의 목소리>라는 책을 펴냈었죠. 염무웅 선생님께 과찬도 당했던(?) 두 근이 넘는 책입니다.

후속작으로 4·19와 5·16 사이의 삐라를 편집해 너무 일찍 왔다가 금방 가버린 첫 번째 '서울의 봄'을 준비하다 무산된 적이 있습니다. 당시 우후죽순처럼 생겨난 단체의 삐라들 중에 가장 기억에 남는 것이 '전국 과부동맹의 성명서'와 '애국 실업자연맹의 선언서'입니다.

백만에 육박하는 실업자들을 대상으로 비례정당을 만들면 두어 석은 얻지 않을까요? 1월 5일을 '실업자의 날'로 지정할 것을 건의합니다.

이때가 벌써 이십여 년 전입니다. 머리칼은 성글어지고 늘어난 것은 회한과 주름뿐입니다. 인사동 섬, 이대 후문 섬, 삼청동 재즈바…: 뿌리, 바람, 팝페라 송배우… 오래된 책갈피에서 우수수 추억들이 쏟아집니다. 모두들 잘 익어가고 있겠죠. 옛것들을 정리하다 보니 잊었던 친구들이 얼굴을 불쑥 내밉니다. 그때의 내가 자기를 기억하냐고 물어 오네요.

- 나 뭐 하고 싶단 생각이 든 게 몇 년 만이지 ㅠㅠ
- 월욜부터 복싱 설렌다 ㅎㅎ

미소에게 느닷없이 소름 돋는 문자를 받았습니다. 뭐지? 내가 또 무슨 잘못을 한 건가? 뭐가 설렌다는 건지 불길합니다. 그래도 종합격투기나 검도를 택한 게 아닌 것이 그나마 다행입니다.

저도 월요일부터 달리기 연습을 해야겠네요. 얼른 토끼기! 멀리멀리 내빼기! 아주아주 멀리 달아나기!

- 전윤호, <애완용 고독>(달아실, 2024)

애완용, 혹은 반려동물이 하늘나라로 가면 박제를 해서 곁에 둔다거나 화장을 해서 그 잔해로 펜던트를 만들어 목에 걸고 다니기도 하고, 어딘가에서는 유전자 복제를 해서 환생시키기도 한다죠. 아니면 묘지를 만들어주고 가끔 성묘를 가는 사람도 있다 들었습니다.

시인은 절대 시들거나 떠나지 않는 식물성 고독과 침묵, 슬픔 따위를 키우고 있네요. 부럽기도 하고…. 그렇지 않기도 합니다.

2024년 4월 13일

시인 한 분이 웹에 연재하려고 공포물을 쓴다기에 참고하게 드리려고 이런저런 것들을 솎아내다 보니 서가 구석구석 귀신들-<귀신>, <시귀 1~5>, <귀>, <헬싱>, <환괴지대>, <도시전설>, <한밤의 무서운 이야기>, <시오리와 시미코의 살육시집>, <미신>-이 많이도 도사리고 있었네요.

덕분에 온 집안 씻김굿을 거저 하게 생겼습니다. 조만간 귀신 한 보따리 안겨드리겠습니다. 부디 대박을 터뜨려 자료값 대신 막걸리 한 상 차려 불러주시길 고대합니다.

2024년 4월 1일

만우절, 모두가 오늘만큼은 하루라도 진실만 말하자 하기에 양치기 소년도 그리하려고 굳게 다짐하고는 언덕에 올라 목청껏 외쳤습니다.

"마을 여러분, 아무 일 없습니다. 절대 불 안 났으니 집에 편안히 계세요."

주민들이 앞다퉈 들고나온 양동이에 맞아 죽을 뻔했다죠.

그런데요, 만약 하필이면 오늘 같은 날 정말 화재가 발생해서 양치기가 처음 발견하고 "불이야!" 외친다면 어떻게 될까 걱정이 됩니다. 그는 결국 나중에 방화범이 되었다는 후문이….

*

삼용이가 숲속에서 금덩이를 주웠습니다. 이걸 어떡하지 고민하다 일단은 안전하게 두었다가 나중에 처리방법을 찾아보려고 그 자리에 묻어놓고는 마음이 안 놓여 팻말을 꽂아놓았습니다.

- 여기 금 절대 안 묻어놨다. 삼용 백.

며칠 후 영구가 지나다 팻말을 보고 한참 고민하더니 결국 금덩이를 파내 가져갑니다. 아무래도 불안해 팻말에 써놓고요.

- 여깄던 금덩이 난 절대 안 가져갔다. 영구 백.

다음날 금덩이 찾으러 왔던 삼용이가 마을로 뛰어내려와 씩씩대며 외칩니다.

"내 금덩이 누가 가져갔어? 영구 빼고 다 나와!"

호랑이가 연초 말아 피우던 시절의 우스개가 생각나 만우절을 빙자하여 올려봅니다.

- 베빈 알렉산더, <히틀러는 왜 세계 정복에 실패했는가-히틀러의 전쟁, 마지막 1000일의 기록>(홍익출판사, 2001)
- 로버트 해리스, <당신들의 조국>(알에이치코리아, 2016)

어쩌다 보니 히틀러와 나치에 관한 드라마를 연이어 보게 되었습니다. 하나는 히틀러가 제3제국을 완성해 전세계를 지배한다는 가정이고 또 다른 하나는 그가 도주해 남미에 숨어 살며 제4제국을 도모한다는 히스토리 팩션이죠.

오래전 복거일의 <비명을 찾아서>를 읽고 역으로 우리나라가 일본을 식민통치한다는 가상 역사소설을 구상했던 적이 있었죠. 혹은 원나라가 일본 점령을 성공한다든가요. 하지만 가상역사는 악인을 내세워야 진한 흥미를 일으킨다는 것을 깨닫고는 흐지부지 관심 밖으로 밀려났습니다.

적화통일된 한반도 얘기는 아직 품고 있습니다. 임시정부는 제주도나 대마도로 설정하고요. 김여정 지도자 동지, 기다리라우!

2024년 3월 30일

- 무로나가 쿠미, <바리스타 1~10>(서울미디어코믹스, 2015)
- 야마카와 나오토, <커피 한 잔 더 1~5>(세미콜론, 2012)

"커피 뽑는 걸 무슨 2년씩이나 배워요? 기계가 다 알아서 하고 브렌딩도 원두공장에서 가장 이상적인 비율로 배합해서 공급하는데."

전문대에서 2년간 커피 공부를 했다는 친구가 스타벅스에서 면담하다 들은 얘기랍니다.

반면에 일본 큐슈의 고쿠라라는 작은 도시 주택가 골목에서 찾은 한 뼘 커피숍에선 무려 30년을 수행했다는 장인에게 냉커피를 주문했더니 찬물로 커피를 내리느라 20분이 넘게 기다리게 하더군요.

미각 삼대라 하지만 저는 아직 그에 못 미친 탓인지 커피 맛에 그닥 까다롭지 않습니다. 그저 막연하게나마 비싼 것이 더 낫지 않겠나 하는 우둔한 생각입니다. 와인의 경우처럼요.

아침 식사를 사과와 귤로 때우려고 껍질을 벗기다 문득 누군가가 늘 강조하던 얘기가 떠올랐습니다. 사과는 꼭 바나나랑 같이 먹어야 몸에 좋다고요. 뒤져봐도 바나나가 없기에 궁여지책으로 꼼수를 썼습니다.

사과+바나나맛 우유

그런데 궁금해지네요. 그렇게 먹으면 몸 어디에 좋은지, 정말 좋은 거라면 왜 애플+바나나 파이가 없으며 식품회사에서는 어째서 그 조합으로 제품을 안 만드는지요.

그래도 찜찜해서 다음에 마트엘 가면 사과 요플레와 바나나맛 우유를 같은 개수로 사야겠다고 기억해 두었습니다. 모쪼록 이 편법이 통하길 바랍니다.

많이 어려웠을 때 읽고 싶은 책을 사 보지 못하는 것이 가장 힘들었습니다. 헌책방에서 일을 도우며 양껏 읽기는 했지만 어쩔 수 없이 선택의 폭이 제한되었었죠.

그때의 염원이 나중에 형편이 풀렸을 때 올챙이, 부엉이, 마리서사와 데미안책방, 월간 태백을 거쳐 달아실까지 이어지는 여정으로 표출되었나 봅니다.

얼마 전에 회사 서재를 정리했지만 아직도 집에는 서가 여럿이 번잡합니다. 읽고 싶은 책을 손에 넣었을 때의 기쁨보다 나누어주고 있는 지금 더 큰 호사를 누리고 있습니다.

마지막 차례로 달아실이 남았지만 좋은 지킴이가 잘 버티고 있으니 더는 바랄 것이 없습니다.

2024년 3월 18일

- 서영교, <전쟁기획자들-불가능한 시장을 만들어낸 사람들>
  (글항아리, 2008)
- 배은숙, <강대국의 비밀-로마 제국은 병사들이 만들었다>
  (글항아리, 2008)
- 루크 라인하트, <침략자들>(비채, 2021)
- 켄 실버스타인, <전쟁을 팝니다>(이후, 2007)
- 기 사예르, <잊혀진 병사-어느 독일 병사의 2차 대전 회고록>
  (루비박스, 2007)

전쟁을 기획하고 파는 세력이 있으니 반드시 시장과 구매자가 있다는 얘기겠죠.

키예프가 아니라 키이우라는 것을 일깨워준 우크라이나 침략도 그 수많은 병사들처럼 잊혀지는 걸까요?

"우린 러시안이 아니에요. 오래전부터 유럽인이라고요."

생소한 우크라이나어로 혁명가 백만 송이 장미를 부르던 후쿠오카 스낵바의 지긋한 여가수가 했던 말이 잊혀지지 않습니다..

*

키예프를 북쪽 문화어로는 끼예브라 한다네요.

2024년 3월 17일

- 미시마 유키오, <금각사>(웅진지식하우스, 2002)

엊저녁엔 아류, 사이비, 돌팔이가 모여 일본 소설가들을 안주 삼느라 자정을 훌쩍 넘겼습니다. 취향이나 견해는 제각각이지만 미시마 유키오가 조금 더 살아 있었더라면 틀림없이 노벨문학상을 받았을 거라는 데는 이견이 없었죠.

자신의 스승이자 중매를 서준 가와바타 야스나리보다 2년 앞선 그의 선택이 스승의 죽음에도 분명 적잖은 영향을 주었겠죠 말이 필요 없는 소설이지만 영화도 원작 못지않은 수작입니다.

어제의 즐거웠던 자리를 되새기며 모처럼 소설 같은 소설을 되새김하는 휴일입니다.

*

1980년대 초 수석 붐이 한창일 때에 요선동에만 수석 가게가 다섯이나 있었습니다.

탐석을 다녀와 배낭 가득한 돌들을 쏟아놓으면 대충 훑어보고 "좌대 짤 만한 건 없네. 더 보다가 나중에 골라 오시게." 하던 기개 있는 가게 주인이 내 돌 스승이었죠.

어제 토요일 늦은 밤에도 석사동과 요선동의 표구점들은 불이 밝았습니다. "이 작품은 더 보시다가 표구할지 결정하시죠." 할 수 있는 멋진 표구상도 어딘가 있겠죠?

처음으로 합격한 돌을 맡기고는 매일 들러 내 돌 좌대 언제 되냐고 조바심치던 초짜 시절의 두근거림이 생생합니다.

지금은 고인이 되신 스승님의 함자는 이지열입니다. 가게는 요선동 프라닭 자리에 있었고요.

모처럼 쇠질을 하고 와서 씻고 개운한 기분으로 저녁밥을 지을까 하는 참에 마녀의 문자가 왔습니다.

- 한 잔?

모른 척 밥솥 스위치를 누를까 하다가 오 분 만에 생각이 바뀌었죠.

그래 언제는 내가 안 마시면서까지 몸 관리를 했었나? 그랬다면 체육관엔 연중행사로 갔었겠지. 괜시리 유난 떨지 말고 하던 대로 하고 살자.

진정한 일상으로 돌아가는 연습을 하러 나섭니다.

선녀의 문자였던 거죠.

- F.L. 파울러, <치킨의 50가지 그림자>(황금가지, 2026)

2024년 3월 11일

치킨이 이렇게 색시(色示)한 줄을 이제사 알았습니다. 색즉식(色卽食)이라는 진리를 새삼 깨달았습니다.

'치킨본색'이라는 책이 곧 나오는 거 아닌지요. 아니면 '한국인과 치킨'일지도.

우리들 인간이 처음 아기집에 들어앉으면 24시간 잠을 자다 수면시간이 아주 조금씩 줄어들어 가끔 태동을 해서 '나 깼어요' 신호를 보내기도 하죠. 그러다 태어난 아기는 엄마 뱃속에서의 일과와 다름없이 먹는 시간 외에는 잠에 빠져 지냅니다. 자라면서 수면시간은 점점 줄어들지만 나이가 들어 일정 시기가 되면 다시 잠자는 시간이 늘어나기 시작하죠. 그러다 마침내 24시간 내내 잠이 들어 깨어나지 않는 것이 완벽한 자연사라고 합니다. 그러니 세상의 모든 죽음은 거의가 '부자연스러운 자연현상'이라는 얘기입니다.

무심코 던진 담뱃갑이 발치에 놓인 재떨이에 정확히 날아가 꽂힙니다. 무슨 징조일까요? 아주 오래전에 본 한국 무협영화의 장면이 떠오릅니다.

한 사내가 협객은 되고 싶으나 도무지 무공이 늘지 않자 젓가락으로 파리를 잡는 기술을 터득하여 주막에 앉아 밥을 먹는 중에 간간이 날아드는 파리들을 쳐다도 안 보고 젓가락으로 낚아채버립니다. 이를 지켜보던 다른 무술가들이 앞다퉈 머리를 조아리고 갖은 대접을 다해줍니다. 이렇게 무전취식을 일삼던 어느 날 들어간 주막에서 험상궂은 장정들이 둘러앉아 심상치 않은 눈길을 보내는데 아뿔싸 이날 따라 모기 한 마리도 안보입니다.

어찌했을까요?

이 작자 반찬으로 나온 콩자반을 한 개씩 머리 위로 집어던지고 그걸 젓가락으로 잡아채 먹기 시작합니다. 그러자 모두들 태도가 바뀌죠.

지금 수백 번째 담뱃갑을 헛되이 던지고 있습니다.

2024년 1월 20일

방패를 들고 언월도를 뽑은 채로 달려드는 페르시아 전사들과 칼을 뽑지 않고 발도의 순간을 노리는 사무라이들의 격전을 보았습니다. 일대일 결투라면 방패가 별무소용이라 할지라도 부대 간 집단전투에는 필수죠.

이종격투기를 발사 무기를 제외한 각종 병장기를 사용하는 데까지 확장하면 어떨까 하는 공상을 전에부터 해봤습니다.

이소룡과 시라소니가 붙으면 누가 이길까?

타이슨이랑 최배달은?

한 번쯤은 상상해봤을 꿈의 대결을 넘어서 펜싱 금메달리스트와 전일본검도대회 우승자가 펼치는 대결은 얼마나 환상적일까요?

쓰잘데기없는 상상이 샘솟는 축구의 계절입니다.

- 스위즈, <중국을 잘 알고 있다는 착각-중국의 문화와 민족성에 대한 인문
  학적 사유>(애플북스, 2021)
- 리쿤우, 필리프 오티에, <중국인 이야기 1~3 합본판>
  (아름드리미디어, 2017)

최고지도자가 <월드컵본선 진출-대회개최-우승>이란 원대한 꿈을 이루고자 축구 굴기를 선포한 대국!

매년 150조 원의 예산을 쏟아부으며 20,000개의 축구 특성화 학교를 만들고 초중교에 필수과목으로 축구 종목을 넣어 유망주를 발굴하겠다는 국가!

금세기 세계 스포츠계의 최대 불가사의라는 나라의 경기를 씁쓸한 기분으로 보았습니다. 한중일이 함께 써나가고자 했던 극동아시아의 축구 삼국지는 아득한 꿈으로 사라졌습니다. 아시안컵 네 경기 연속 무득점이라니….

더 불가사의한 것은 공한증이 아니라 이 모든 것이 이웃나라 탓이라는 저들의 사고방식이네요. 종합격투기 유튜버 쉬샤오둥에게 무참하게 패한 중국전통무술 고수들의 황당한 변명들이 새삼스럽지도 않습니다.

- 데니스 존슨, <움직이지마>(엘릭시르, 2012)
- 쑨 거, <중국의 체온-중국 민중은 어떻게 살아가는가>(창비, 2016)
- 은미경, <도쿄 3S-스시, 소바, 사케>(달, 2008)
- 권경진, <니하오 복고-고양이 복고의 중국요리 이야기>(미우, 2019)
- 길버트 월드바우어, <욕망의 곤충학-지원곤충, 인간의 물질문명을 진화시키다>(한울림, 2013)
- 제프리 디버, <엣지>(랜덤하우스코리아, 2011)

제게 오늘은 빨간 날입니다.
왜냐면… 그저 그냥 그렇게 정했을 뿐이죠.
빨간 책들만 골라서 읽습니다.
당신의 오늘은 어떤 색으로 칠해질까요?

- 호르헤 몰리스트, <반지-최후의 템플기사가 남긴 유물 1, 2>
  (대교베텔스만, 2007)
- 막심 샤탕, <악의 영혼 1, 2>(웅진씽크빅, 2011)
- 제프 롱, <디센트 1, 2>(시작, 2009)

한참 재밌게 읽은 소설의 결말이 "2권으로 이어집니다."로 끝나는 적이 가끔 있죠.

서가에서 뽑은 책이라면 샅샅이 뒤져 결국 2권을 찾아내곤 했지만, 서점에서 갓 사온 거라면 망연자실해질밖에요.

선물 받은 책이 그랬다면 그 역시 황당하지만 기껏 찾아냈더니 또다시 1권일 때는 그저 부주의했던 자신이 한심해집니다.

눈이 온다는 구실로 두 권 짜리들을 쌓아놓고 편한 대로 뒤적입니다.

저 위에 사는 이들은 "눈이 내려간다"고 하겠지요.

냉장고를 뒤져 찾아낸 시들고 묵은 재료들을 대충 씻고 어설피 썰어 얕은 냄비에 차곡차곡 쌓아올립니다.

배추를 먼저 깔고 냉동 차돌박이, 숙주나물을 골고루 덮고 차돌박이, 그리고 미나리와 또 차돌박이. 마지막으로 대파와 양파를 얹고 소금 약간에 후춧가루를 더한 뒤, 뚜껑을 덮어 오 분간 끓였습니다.

무슨 맛인지도 모르고 실컷 먹었죠.

만족감이란 행복함과 비참함 사이의 자기기만적 타협점이라죠.

지금의 포만감은 어느 쪽에 가까운지 감이 안 잡힙니다.

- 마키 히로치, <언젠가 티파니에서 아침을 1~14>(시리얼, 2022)

아침은 간단하게 대륙식 딤섬으로, 점심은 느긋하고 우아하게 이탈리안 토마토 면으로⋯. 나이 한 살 더 먹기가 어지간히 싫은지 떡국은 아예 후보에도 오르지 못하고 있습니다. 살기 위해 먹는다는 명제를 저버리지 않고 잘 먹고 잘 지내온 아주 특별하게 평범한 날입니다.

저도 그리할 테니 당신도 빛나는 새해를 맞으시라는 인사를 아니 할 수가 없네요.

대가호 신년쾌락(大家好 新年快樂)!

*

전화기가 죽었나 자꾸 들여다보고 있자니 만두 빚어 함께 먹자는 콜이 왔네요. 발렌타인 의리 초콜릿도 아니고 '의리 만두'라니⋯ 어쩌나⋯.

2023년 12월 30일

서운함은 흐르는 물에 쓰고 고마움은 바위에 새겨두라고 들었지만 이도 저도 아니게 지내왔습니다. 혹은 정반대로 살았는지도.

그 바윗돌 덮으라 눈이 쌓이나 봅니다. 철들자 망령이라지만 이제라도 어서 철이 들면 좋겠습니다. 묵은 숙제 하나 풀어보려고 눈 덮인 다리를 건넙니다.

잊으라는 망년(忘年)이라지만 오늘은 잃었던 것을 되찾는 날이 되면 좋겠습니다.

2023년 12월 26일

눈길을 걷듯 발밤발밤 걸어왔더라면 지금쯤은 내가 원하던 곳에 있었을까.

지금 내가 알고 있는 것을 그때도 알았더라면 오늘과는 다른 삶을 살고 있었을까.

그때 모르던 것들을 지금도 몰랐다면 더 나았던 건 아닐까.

지긋지긋한 아홉수 고갯마루에서 아무리 뒤돌아봐도 후련한 답은 얻을 수가 없습니다.

며칠 남지 않은 세밑이 음력으로까지는 이어지지 않기를 바랄 뿐.

2023년 12월 25일

오늘 같은 날이면 두 개의 다리가 생각납니다. 퐁네프와 메디슨카운티.

첫눈은 모두들 기억하고 자주 노래하지만 마지막 눈을 이야기하는 시인은 왜 드물까요?

마지막은 늘 처음보다 너무 아프고 애달파서일까요?

사실 대부분의 경우 첫눈이 훨 어설프고 안쓰러운데….

<러브 스토리>의 눈싸움 장면.

<별들의 고향>에서 경아를 보내는 한강변.

<닥터 지바고>에서 주인공들이 엇갈려 지나치는 버스 정류장.

눈 속의 명장면들이 많이 떠오르는 아침 풍경입니다.

2023년 12월 24일

- 밀란 쿤데라, <농담>(벽호, 1992)

하이, 미스터 싼타!
올해도 만나네요, 여전하시네요.

지 성질껏 사셨나 봐요, 하나도 안 늙은 거 보니.
(드라마 <미스터 선샤인>에서 잊지 못할 불후의 명대사)

*

운동하러 갈 때 봤는데, 돌아오는 길에도 여전히 추위에 발을 구르며 전화기를 귀에서 떼지 못하고 있는 초로의 부부가 눈에 밟힙니다.
다가가 여쭤보니 '임시휴업'이라고 써 붙인 세탁소 앞에서 계속 전화를 해도 받지 않는다네요.
혹시 오늘 성탄 미사에 가려고 가장 좋은 옷들을 찾으러 오신 걸까. 연휴를 맞아 멀리 있는 장성한 자식이 배우자감을 선보이러 온다 해서 차려입을 옷을 맡기신 건 아닐까. 아니면 모처럼 먼 곳에 여행을 가려고 빼입을 아끼던 옷들을 못 찾는 걸까?
"혹시 모르니 옆에 편의점에라도 물어보시죠."
별 영양가도 없는 오지랖을 못 참고 돌아오는 길에 문득 오 헨리의 단편이 떠올랐습니다. 지금 생각해보니 추위 때문에 발을 구르는 것이 아니었네요.

2023년 12월 23일

이제 동지가 지났으니 낮이 손톱만큼씩 길어지겠죠.
벌써 봄이 오는 소리가 들립니다.
나르르
나르르르
나른나른 나르릉

- 마이클 코넬리, <시인-자살 노트를 쓰는 살인자>
 (랜덤하우스코리아, 2009)
- 마이클 코넬리, <시인의 계곡>(랜덤하우스코리아, 2009)

어제는 숱한 시인들 틈에 묻혀버렸습니다. 무엇에 취했는지도 모르게 취해 동짓날 밤을 보냈습니다. 어쩌면 긴 밤에 취했는지도 모르죠.
　내면 골짜기 시인이 하나씩 나눠준 정표가 왜 내 주머니엔 셋이나 들어있을까요?

2023년 12월 21일

피트니스클럽 계단의 난간은 올라올 때 쓰라는 것이 아니죠. 하체 운동을 하고 내려갈 때 다리가 풀려 헛디딜까 잡으라는 것입니다.

오래전 춘천고 건너 소방서 뒷길, '내빈각'이라는 중국집 옆에 배유한 씨가 관장이던 '육체미 도장'을 들락거리던 시절부터 지금까지 난간을 한 번도 못 잡아봤습니다.

오늘도 그랬네요. 그러니 "바람에 자주 밀새"밖에요.

그때 그 도장에서 함께 운동하던 춘천농고 조정부 선수들이 하체 운동을 더 열심히 하던 것이 인상 깊었습니다.

섬나라에선 '헬스클럽'이 야릇한 풍속업소를 가리키는 말로 쓰입니다.

군생활 말년에 1군사령부 주번 사령실에서 근무할 때 요즘 같은 날씨면 빼먹을 수 없는 임무가 있었습니다.

새벽 다섯 시면 최전방 부대들에 전화를 걸어 현재 기온을 받아 취합해 방송국에 보내주는 일이였죠.

그러면 그날 저녁 뉴스 시간에는 한파 소식을 전하며 반드시 '최전방에서 올겨울 최저기온인 영하 몇 도의 추위와 싸우며 철통같은 경계태세를 유지하는 일선 장병들의 소식'이 곁들여 나오더군요. 그때 전방초소 근무자들은 혹시 체감으로 기온을 전해주지 않았나 싶기도 합니다.

지금도 그런 소식을 전해주는지 궁금하네요.

*

배는 고프고 당장 밥값을 구할 방도가 없어 마침 눈에 띈 헌책방에 들어가 허기를 잊으려 책들을 들춰 보다 우연히 책갈피에서 누군가가 비상금으로 간직해두었다 잊어버린 듯한 지폐 한 장을 발견하고 소중한 한 끼를 해결한 청년이 있었습니다.

그 뒤로도 아주 절박할 때마다 아무 헌책방이나 들어가 두꺼운 책들을 살피다 보면 반드시 오천 원이나 만 원권 한 장씩이 나타나곤 했답니다. 아주아주 나중에야 그는 알아챘죠. 누군가가 매일 헌책방들을 돌며 보살행을 하고 있었다는 것을. 그 자신이 형편이 나아져 누군가에게 진 지도 모르는 빚을 갚으려 책방들을 다니며 같은 일을 하다 문득 깨달았답니다.

지금도 그는 헌책방들을 보면 그냥 지나치지 못한다죠. 우화라기에도 너무 우화 같습니다.

"그걸 지금 시라고 올리는 거야? 그러면 누구 꼴 나는지 알잖아. 완성되지 않은 걸 왜 올려?"

정통종합시(詩)어
시(詩)학 1의 정석
시(詩)어 삼위일체

찾으려면 내일부터 변두리 헌책방을 다녀야 하나 봅니다.
완전체 앞에서 그냥 소주만 마셨습니다.
그저 안녕이랄밖에요.

강치 project

202×년 3월 1일 대한민국 통수권자와 조선민주주의인민공화국 최고지도자는 독도에서 정상회담을 갖기로 합의했습니다.

북측은 함정을 이용해, 남측은 항공편으로 독도에서 만날 것이며, 이사부장군 동상 제막식도 함께 할 예정입니다.

일본 내각은 일부 극우세력의 무모한 불순 행동을 제어하는 데 각별히 유의해야 할 것임을 당부합니다.

*

우물 안팎의 개굴개굴 개구리 소리,

"여어, 사다리 내려줄 테니 어서 올라와."
"싫어. 여기 더 있을래."
"바깥세상 보고 싶지 않아?"
"그렇기는 하지만 여기서 못 본 게 너무 많아."
"정말? 거기 그렇게 볼 게 많다고?"
"아직 내 안을 들여다보는 중이야."

종교와 철학은 우물에 빠진 개구리에서 비롯된 것이 아닌지요.

2023년 12월 7일

"제자야, 더 이상 가르칠 것이 없노라. 이제 하산하여 강호에 이름을 떨치거라. 다만 명심할 것은 약자 앞에서는 절대 검을 뽑지 말고 강자를 만나거든 결단코 물러서지 말고 맞서거라."

"아닙니다. 저는 강호에 뜻이 없으니 그저 스승님 곁에서 끝까지 모시겠습니다."

"어허, 기특한지고. 네 뜻이 정 그러하다면야…."

물러 나오면서 하는 제자의 혼잣말,

'그럼 맨날 쥐어터지기만 하라는 건데 미쳤다고 하산을 하것냐?'

일찍 일어나는 벌레가 먼저 잡아먹힌다는 진리!

2023년 11월 23일

"수고하시는 택배 기사님 드세요"

강바람이 제법 드세어 골목길을 찾아 돌아들어도 길바람마저 맵기만 하더군요.

아파트 계단을 오르다 어느 현관 앞에 놓인 화로를 보고, 그 앞에 한참을 쪼그려 앉아 얼어붙은 마음과 차가운 손을 녹였습니다.

2023년 10월 10일

거래처로 만나 단골(常客)이 되고,

친구, 좋은 친구, 오랜 친구(老朋友)를 지나 형제가 되고,

마침내 自己人(쯔지런)이 된

대륙의 동생이 아들과 조카를 데리고 응원을 왔습니다.

띠동갑에 혈액형도 같은 그와 대륙을 누비던 시절이 엊그제 같은데 벌써 그때의 내 나이를 훌쩍 넘긴 장년의 동생을 만나니 세월의 무상함이 새삼스럽습니다.

오늘은 53도 백주(白酒)를 마다할 수가 없겠지요.

사진의 배경은 운남(雲南)의 석림(石林)입니다. 저는 여기가 계림보다 더 좋았습니다.

2023년 10월 6일

- 나다니엘 필브릭, <바다 한가운데서-포경선 에식스호의 비극>(중심, 2001)
- 제임스 네스터, <깊은 바다, 프리다이버-지구 가장 깊은 곳에서 만난 미지
  의 세계>(글항아리, 2019)

강물이 모여 바다가 되고 티끌 모아 태산이라지만, 바다가 흩어져
강물이 되고 태산이 무너져 티끌이 되는 꼴은 여직 못 보았습니다.
　바다 깊이 내려가면 파도가 없어도 쏴아하는 소리가 귓전에서 떠나
지 않습니다. 이만하면 여북했으니 어서 올라오라는 뜻일까요?

2023년 8월 31일

- 노다 사토루, <골든 카무이 전10권>(대원씨아이, 2022)

2014년에 연재를 시작해 작년에 결말을 낸 작품. 광활한 동토에서 황금을 찾으려 펼치는 시대활극입니다.

연재와 동시에 단행본 출간, TV 애니메이션 방영을 거쳐 마침내 내년 초 극장판 실사영화로 개봉한답니다. 극히 뚜렷한 개성의 캐릭터들에 걸맞는 캐스팅이라 자못 기대가 됩니다. 티저영상이 이미 일억오천만 뷰를 넘었다네요.

지난 세기 초 아이누족의 생생한 풍습과 생활상이 인상 깊었는데 그들의 토속어를 실제로 들어볼 생각에 살짝 설레기까지 합니다.

2023년 8월 25일

어머니 사진첩에서…
아득하고
또 아득한 시절이
내게도….

- 코넬 울리치, <밤은 천 개의 눈을 가지고 있다>(이룸, 2009)

'느와르'를 생각하면 가장 먼저 떠오르는 작가.
히치콕 감독 <이창>의 원작자.
'윌리엄 아이리시'라는 필명으로 발표한 <환상의 여인>은 시대를 막론하고 항상 전 세계 10대 추리소설에 꼽히고 있죠.
장마철에 딱 어울리는 작가입니다.

협심증을 유발할 수 있으니 주의하시길⋯.

착시(錯視)인가, 난시(亂視)일까? 아니면 사시(斜視)런가.
계단을 오르며 내려가는 느낌이라니.
비가 솟구쳐 오릅니다.
아주 아주 깊은 곳에서.
오를수록 깊기만 한 그러한 계단.

2023년 6월 25일

모녀가 소주와 맥주를 한 병씩 들고 묻습니다.

"둘이 쏘맥 한잔 할까 하는데 같이 마실래?"

"난 그냥 책이나 볼래, 더워."

한참 뒤에 말소리를 따라가 보니 베란다 저 끝에서 참교육을 하고 있더군요.

맹모(孟母)건 신사임당이건, 한석봉 어머니가 와도 못 이길 광경입니다.

조만간 큰 인물 나오겠네요.

안주는 안 물어봐도 뭔지, 혹은 누군지 알겠습니다.

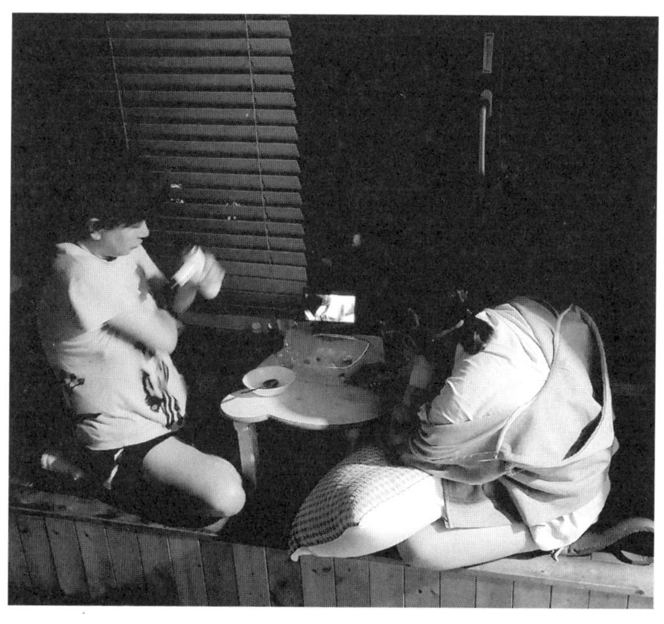

2023년 6월 24일

- 우광훈, <뽑기맨-나의 슈퍼 히어로>(문학동네, 2017)

슈퍼맨, 배트맨, 후랫쉬맨, 샌드맨, 스파이더맨….
미국은 DC와 마블이 오래전부터 다투어 내놓았으니 그렇다치더라도
근육맨, 원펀맨, 리셋맨, 볼트맨, 헬프맨….
이웃 섬나라도 만만치는 않습니다.
태생이 불분명한 바바리맨을 제치고 드디어 우리에게도 슈퍼 히어
로가 나타났다는 기쁜 소식을 알립니다.
아아, 뽑기맨!

2023년 6월 22일

- 반 토시오 테즈카 프로덕션, <테즈카 오사무 이야기 1~4>
  (학산문화사, 2016)
- 데즈카 오사무, <불새 전17권>(학산문화사, 2015)
- 데즈카 오사무, <아돌프에게 고한다>
- 요시모토 코지, 미야자키 마사루, <블랙잭 창작비화-데즈카 오사무의 작
  업실에서 1~5>(학산문화사, 2017)

데즈카 오사무!

'아톰'이 다가 아닙니다. 중학생 시절에 그린 곤충도감을 보면 천재, 그 이상입니다. 상상 속의 곤충까지…. 가히 일본 만화의 신이라 불리기에 손색이 없는 대가입니다.

아직도 그의 미완성 작품을 이어 그리겠다는 작가가 나오지 않고 있는 이유를 알겠습니다.

어린 시절의 습작들을 보관하고 있다는 것이 가장 부럽네요.

- 프랭키 알라르콩, <초콜릿의 비밀-자크 제냉의 아틀리에로 떠나는 미식 여행>
(시트롱마카롱, 2015)

2023년 6월 21일

파리에서는 초콜릿 공방이 아니라 아틀리에라고 하네요. 작가는 아틀리에에서 실습생도 하고 카카오를 찾아 칠레까지 갑니다.

크리스마스와 부활절 시즌 못지않게 발렌타인데이 전에도 엄청 바쁘다고 해서 갸우뚱했는데 곧 답이 나오네요. 바로 일본이나 우리나라에 수출할 물량 때문에 그렇답니다.

쪼꼬레뜨 찾다가 덤으로 냉장고 정리를 했습니다.

부활절에는 유명 화가들의 작품도 볼 수 있다니 궁금해집니다.

- 고광민, <제주 생활사>(한그루, 2016)

"까마귀는 삼월삼짇날에 나무 위에 둥지를 짓고 4, 5개의 알을 낳는다. 흉년이 들 것으로 가늠하였을 경우, 한 마리만 부화시킨다. 나머지 알은 주둥이로 굴려 떨어뜨려버린다. 풍년이 들 것으로 가늠하면 새끼 두 마리를 부화시킨다. 큰 가뭄이 들 것으로 가늠하였을 경우 세 마리를 부화시킨다. 가뭄이 심하면 땅속에 사는 벌레나 지렁이 따위가 수분을 찾아 나오기에 까마귀에게는 먹이 풍년이 되기 때문이다."

그런데 대홍수 때에도 세 마리를 부화시킨다고 하니 아마도 종족보존을 위해서인 듯합니다. 제주도에 붙박여 사는 텃새 까마귀에게서만 보이는 현상이라네요.

철따라 오가는 까마귀는 따로 있다고 합니다.

- 오광수, <낭만광대 전성시대·조용필과 아날로그 시대의 대중문화 사수기>
(세상의아침, 2013)

문득 '낭만'이라는 단어는 로망의 일본식 발음을 한자로 표기한 것
이니 쓰지 말자던 중학교 때 선생님의 말씀이 기억납니다.

하지만 어쩌죠?

이미 낭만이란 단어에 익숙해져버렸으니…. 찾아보았더니 중국에서
도 똑같이 쓰고 있네요.

"오늘은 왠지…"로 시작하는 DJ들의 닭살 멘트가 전국적으로 유행
했다는 사실에 놀랐습니다.

2023년 6월 16일

- 케이티 로손, 엘리엇 쇼어, <레스토랑의 세계사-레스토랑은 어떻게 세계적인 문화 산업이 될 수 있었는가?>(커넥팅, 2023)

노점상이나 행상 등이 아닌 정식 레스트랑은 혁명 후의 프랑스가 기원이 아니라 중국에서 훨씬 전에 나타났다고 합니다. 그다음이 일본이라네요.

열차 식당이나 회전초밥집, 패스트푸드점은 물론 남미와 북유럽까지 고금동서의 밥집을 두루 소개하고 있지만 한국에 대해서는 겨우 열 줄 남짓 언급하고 있습니다.

그것도 일본의 사찰음식을 설명하며 서울의 진관사와 백양사를 곁들여 놓았을 뿐이네요.

유구한 우리나라 주막과 요정의 역사를 알려주고 싶습니다.

- 고성배, <한국 요괴 도감>(위즈덤하우스, 2019)

<삼국유사>부터 최근 인터넷에 떠도는 '도시괴담'까지 샅샅이 뒤지고 살펴 엮어낸 요괴 도감입니다.

영화의 모티브가 된 한강 '괴물'이 낚시꾼에게 포획된 적이 있다는 신문 기사를 보니 사진이나 실물 표본이 남아 있지 않은 것이 무척 아쉽습니다.

2000년대에 등장한 자유로 귀신은 희극인 박희진이 처음 목격했다네요.

한국의 스타급 귀신으로는 몽달귀와 손각시 등을 꼽았습니다.

어서 둘을 맺어주면 좋겠습니다.

- 리 차일드, <잭 리처-악의 사슬>(오픈하우스, 2013)

<Jack Reacher>, <Never go back>

두 편의 영화로 잘 알려진 잭 리처 시리즈 중 하나입니다.

작가는 어릴 때 007 영화들을 보며 왜 주인공이 항상 적에게 붙잡히거나 위기에 빠지는지 답답하여 새로운 히어로를 만들기로 마음을 먹었답니다.

처음에 주인공으로 톰 크루즈가 캐스팅되었다는 이야기를 듣고 195cm에 110kg의 잭 리처역에 어울리지 않는다며 불만을 표했지만 완성된 작품을 보고는 감독의 선택에 수긍을 했다고 합니다.

1997년부터 매년 한 권씩 발표되는 이야기들이 영화보다는 드라마로 나오면 좋겠다는 생각입니다.

하드 보일드를 좋아한다면 믿고 봐도 되는 작가임을 보증합니다.

- 정선희 엮음, <『부인』·『신여성』 총목차 1922-1934>(소명출판, 2023)

머리를 짧게 자르고, 핸드백을 옆에 끼고, 양산을 챙겨 쓰고, 하이힐을 신고, 기타를 배우고… 한복 치마가 점점 짧아지며 '신여성'이 되어갑니다.

오래전 소명출판사에서 영인본을 낸다기에 원본들을 빌려주었던 일을 잊지 않고 한 연구자가 자신의 성과물을 보내주었습니다.

무려 544쪽.

좋은 연구자를 만나는 것도 수집가의 복이라 생각합니다.

<부인>, <신여성> 모두 춘천 출신의 청오 차상찬 선생이 편집, 발행했습니다.

- 신정임, 정윤영, 최규화, <달빛 노동 찾기-당신이 매일 만나는 야간 노동자 이야기>(오월의봄, 2019)

아내와 함께 밥을 먹고, 저녁에는 동네 산책을 하거나 티브이를 보다가 같이 자고, 주말이면 캠핑도 가는 일상적인 삶이 판타지가 되어버린 사람들의 기록입니다.

"3D 아닙니다. 저흰 4D 노동자예요."

Dreamless!

야간근무가 많은 교도관과 간호사 커플의 가장 큰 고민이 출산과 육아라니….

그들의 꿈이 이루어지길 기원합니다.

- 브루스 골드파브, <아주 작은 죽음들-최초의 여성 법의학자가 과학수사
  에 남긴 흔적을 따라서>(알에이치코리아, 2022)

여성이 의대에 가는 것조차 허락되지 않던 20세기 초에 자신의 재산을 기부하여 하버드 대학에 법의학 도서관과 학부를 만든 여성이 있습니다.

직접 만든 미니어처로 사건 현장을 재구성하고 과학수사기법을 도입한 그녀의 노력으로 검시관 제도와 오늘의 C.S.I가 탄생했죠.

그녀가 활약하던 시기의 범죄드라마가 아직 없다는 것이 신기합니다.

그녀가 만든 열여덟 개의 범죄현장 디오라마들은 아직도 박물관에 잘 보존되어 있다고 합니다.

2023년 6월 6일

- 야스다 고이치, 카나이 마키, <전쟁과 목욕탕-일제가 남긴 전쟁의 상흔을
  찾아서>(이유출판, 2022)
- 데어라 혼, <사람들은 죽은 유대인을 사랑한다>(엘리, 2023)

하나는 최대의 피해자가, 다른 하나는 가해국의 여성들이 자신들의
체험을 바탕으로 2차 대전을 그려냅니다.

전 세계의 현장을 누비며 생존자를 만나 들은 이야기들이 직접경험
못지않게 생생합니다.

그나저나 "전쟁과 목욕탕"이라니….

<렉서스와 올리브나무>(토머스 프리드먼, 21세기북스, 2009) 이래
로 가장 생뚱맞은 조합의 제목이네요.

"카페 박시봉방"

벌써 20년 전. 술은 그냥 꺼내 마시면 되고, 메뉴는 달랑 전화번호 세 개.
　- 둘둘치킨, 속초수산 횟집, 신촌의 어느 중국집.

간판 대신에 백석의 사진을 걸어놓았드랬죠.
"저 사진 안익태죠?"
"아니죠? 소설가 이상이죠?"
그런 시절이었습니다.

정확하게는 좋아하는 카프리를 850원에 받아 1,500원을 받았습니다. 그러니 한 병 마실 때마다 650원씩을 벌었던 거죠. 하루에 65,000원은 기본으로 벌었었는데 왜 망했는지 도무지 알 수가 없습니다.
　그래도 즐거웠던 시절입니다. 옛 책들을 꺼내 읽다 보니 별게 다 나옵니다.

김현식형이 차렸던 카페 박시봉방

섬 작가가 참여한 전시회가 작품에 제목을 달아 오늘 정식 오픈했답니다.

이 학교의 필수 과목에 철학이 들어있는 것이 괜한 일이 아니었네요.

미술 강국 프랑스의 고등학교에도 철학과목의 비중이 크다던데 예술과 철학의 관계를 새삼 생각해봅니다. 혹은 꿈보다 해몽일지도요.

저는 문사철(文史哲) 중 철(哲)이 도저히 안 되어 여즉 철이 안 드나 봅니다.

모든 것은 영원하지 않다. 그것은 외모 역시 마찬가지다. 본 작품은 모든 아름다움에는 결국 '끝'이 있다는 점을 노화의 상징인 주름으로 표현했다. 클레이를 사용해 만든 과장된 주름은 미모의 '사망'을 보다 효과적이고 확실히 보여주고 있다.

- 로베르트 반 훌릭, <쇠종 살인자>(황금가지, 2005)

오래 묵혀두었던 책을 다시 꺼내어 읽으려다 발견했습니다. 무려 16년 전에 조용필이 춘천 고슴도치섬에서 콘서트를 했네요.

당시 31,500원씩이나 하던 B석 입장권 석 장이 미사용인 것은 무슨 까닭이었을까요?

우천으로 취소나 연기가 되지는 않았을 것 같은데, 혹시 기억하시는 분 계신지요?

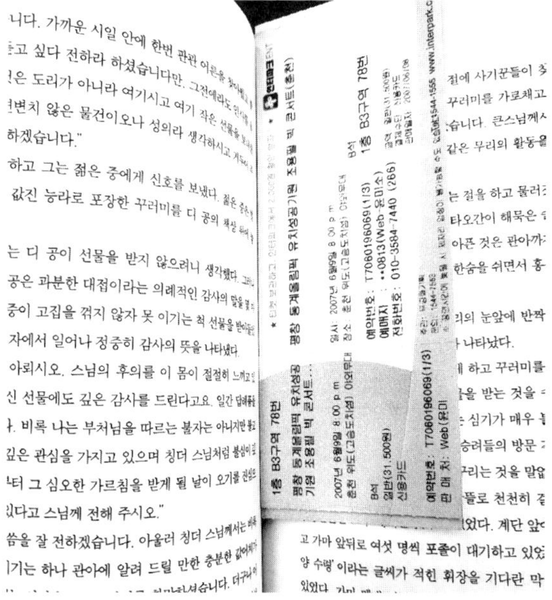

2023년 5월 19일

- 유준 그림책, <굽이쳐 흐르는 강물처럼-수묵화로 읽는 노무현의 일생>
 (달아실, 2023)

<사람사는세상 – 19인의 예술가들이 펼치는 故노무현 서거 14주기 추모전>을 보기 위해, 유준의 그림책 원화도 전시한다고 해서 길을 나섰습니다.

절에 중 보러 가나? 부처님 만나러 가지.
목사 보러 예배당 가나? 예수 만나러 가지.

제게 미안하단 말은 좀 그렇죠.
오실 분들은 다 오셨습니다.

담뱃불 붙이는 모습 앞에서 펑펑 우시던 분이 잊히지 않습니다.
모실 수 있어서 행복했습니다.

2023년 5월 8일

- 어버이날 축하해
- 아빠한테도 전해줘

지 엄마에게 보낸 메시지입니다.

심청이는 저리 가라!
심청이도 울고 갈, 심봉사 외동딸 찜쪄먹을 효녀가 다 있습니다.
백수노릇 하느라 바쁜 아빠에게 누가 될까 봐 어버이날 인사를 이따위로 보내왔네요. 어느 모로 봐도 만랩인 딸입니다.
나한테 보내놓고 엄마에게 전해주라고 하지 않은 것만 해도 어딥니까?

- 헨닝 망켈, <불안한 남자>(곰, 2013)
- 헨닝 망켈, <한여름의 살인 1, 2>(좋은책만들기, 2001)
- 스티그 라르손, <밀레니엄 1, 2>(아르테, 2008)
- 요 네스뵈, <스노우맨>(비채, 2012)
- 다비드 라게르크란츠, <거미줄에 걸린 소녀>(문학동네, 2017)
- 크리스티나 올손, <파묻힌 거짓말>(북레시피, 2019)

호리스피에르르덴, 위테르베리, 유르스홀름, 아스타 하그베리, 판니 크라르스트룀, 에란데르, 베스테르예틀란드…. 낯선 지명이나 등장인물들의 까다로운 이름 때문에 다소 생경하던 북유럽 느와르가 어느새 우리들에게도 친숙한 장르가 되었죠.

길고 혹독한 겨울을 함께 나느라 생겨난 탓인지 대부분 아주 잔혹하고 괴기스런 범죄들로 이루어졌습니다. 그중 으뜸이라면 단연코 헨닝 망켈을 꼽겠습니다.

충분히 개연성이 있는 사건들을 따라가다 보면 북유럽의 역사와 정치 사회에 대한 공부도 됩니다.

쿠르트 발란데르(헨닝 망켈의 경찰소설 시리즈의 주인공, 스웨덴 위스타드 경찰서의 형사)의 비교적 이른 은퇴가 아쉽습니다.

2023년 5월 5일

- 양경수 그림에세이, <실어증입니다, 일하기 싫어증>(오우아, 2016)

비 오는 날에는 단연코 수제비죠.

언젠가 누가 수제비를 외국인에게 "water swallow"라고 하는 걸 들은 기억이 납니다.

웃자고 한 소리겠죠.

그이는 bulgogi도 fire meat이라 하는지는 모르겠지만요.

수제비는 'sujebi'가 맞습니다.

'술 마시기 싫어요' 증세가 어언 한 주가 넘어가고 있습니다.

2023년 4월 27일

- 최삼경, <붓, 한 자루의 생-조선의 반 고흐, 칠칠이 최북 외전>
 (달아실, 2023)

최삼경 작가의 첫 소설이 대박 낼 조짐을 보입니다. 교보문고에서 첫 주문으로 100권을 매절해주었답니다. 신인 작가에게는 매우 이례적인 일이죠.

팔월 말까지 누구 책이 많이 나가나 내기를 하자고 했습니다. 어리석은 수작인 줄은 알지만 이렇게라도 축하해주고 싶었죠.

다음 작품을 누가 먼저 완성하냐는 것만은 꼭 이기고 싶습니다만⋯.

- 허나이창, <진시황은 열사병으로 죽었다 황제들의 죽음에 관한 의학적 고찰>
  (앨피, 2016)

기원전 200년 즈음 진시황이 중국을 통일하고 황제라는 존호를 처음 만들어 스스로를 시황제라 칭한 이후 중국 역사에 등장하는 황제는 397명이랍니다.

그중 3분의 2만이 병에 걸려 침상에서 사망했고 나머지 3분의 1은 '자연스럽지 않은 죽음'을 맞았다네요.

게다가 역대 제왕 235명의 사망 연령을 계산한 자료에 따르면 그들의 평균수명은 만 38세였답니다.

가히 3D를 넘어 초고위험직업이라 할 만합니다.

과연 청나라 강희제의 "백발의 황제가 그 몇이런가" 하는 탄식이 나올 만합니다.

- 세노 갓파, <세노 갓파의 인도 스케치 여행>(서해문집, 2008)

한때 류시화와 임헌갑의 책 덕분에 인도여행 열기가 대단했던 적이 있었죠.

서점에 가면 여행기가 너무 많아 그것들만 읽어도 가보지 않고 인도 여행기를 쓸 수 있겠다는 생각이 들 정도였습니다. 거의가 전생의 인연을 길에서 만났다는 둥 비슷한 내용들 투성이라 오히려 후지와라 신야 등의 오래된 기록들을 즐겨 읽었었습니다.

냄비를 크기별로 값을 정하는 것이 아니라 무게로 판다는 것을 처음 알았습니다. 여행자가 냄비를 살 일은 없었을 텐데 이 작가의 남다르고 왕성한 호기심 덕분에 인도의 자잘하고 색다른 재미들을 알게 됩니다.

기존의 책들과 다른 산뜻하고 즐거운 인도 이야기입니다. 원저는 1985년 출간입니다.

2023년 4월 17일

- 문국진, 우에노 마사히코, <한국의 시체 일본의 사체-한일 법의학자가 말하는 죽음과 주검에 관한 이야기>(해바라기, 2003)
- 타다시 아기, <블러디 먼데이 1-3부, 전23권>(학산문화사, 2022)

일본에서는 사람과 동물을 구별하지 않고 '사체'라고 표현하지만, 한국에서는 동물은 '사체', 사람의 경우는 '송장, 시체'로 사람과 동물을 엄격하게 구분합니다.

뭐라 표현하기 힘들게 칙칙하고 서늘한 날씨가 가져다준 무거운 기분에서 벗어나려고 이독제독의 심정으로 어두운 책들을 골랐습니다.

Gloomy Monday보다는 차라리 Bloody Monday가 나을 것 같아 택한 것들인데 외려 둘이 겹쳐져 마음은 자꾸 가라앉기만 하네요.

저만 유독 날씨를 심하게 타는건지요.

*

방금 Alcoholic Monday는 어떻겠냐는 전화를 받았습니다. ABG day를 만들러 나가야겠습니다.

아주 사적이고 극히 이기적인 이유로 십 년 만에 처음으로 지인 아들의 결혼식엘 다녀왔습니다.

왕복 다섯 시간이 걸렸지만 식장에 머문 시간은 한 시간 남짓. 아쉽고 미안한 마음으로 돌아와 뭔가 허전해서 막걸릿집엘 들렀죠.

늘 앉는 자리 맞은편 벽에 씌어 있던 낙서 구절에 누군가가 손을 보았더군요.

"잘되나 봐라"가 늘 거슬렸는데 어느 착한 손길이 "다 잘된다, 봐라"로 고쳐놓았더군요.

나는 왜 그럴 생각을 못 했는지요.

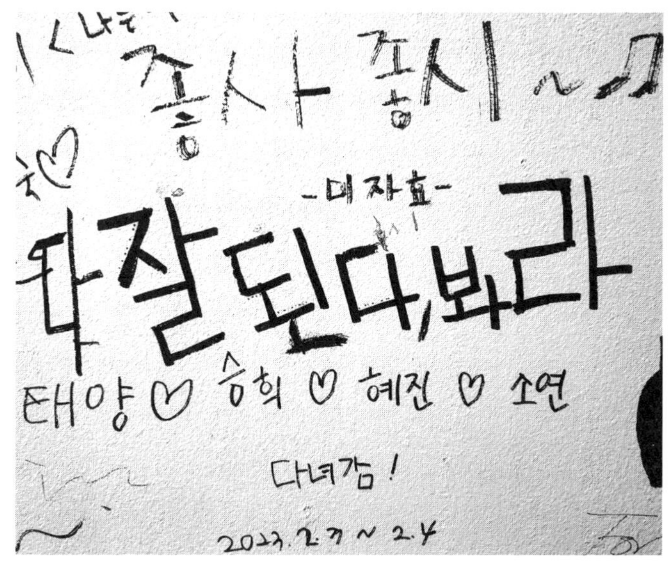

- 이승호, <옛날 신문을 읽었다-어느덧 역사가 되어버린 그 시절의 사소한 이야기들>(다우, 2002)
- 손성진, <그때 사회면-이제는 추억으로 남았지만 우리가 건너온 시간들>(이다북스, 2019)

'휴지통', '횡설수설' 등등 옛날 신문에는 '카더라'나 '찌라시'급의 이야기를 다루는 가십란이 꼭 있었죠.

사회면 기사들보다 더 신기하고 재미있는 소재가 가득한 보물창고입니다.

벽초가 조선실록에서 임꺽정을 발견하여 살려낸 정도까지야 언감생심이지만 별종과 말종들을 찾아내기에 부족함이 없습니다.

어쩌자고 저는 영업비밀을 까발리고 있는 걸까요?

- 김현식, <독종과 별종들>(달아실, 2023)

<독종과 별종들> 출판기념회를 빙자한 술판을 질펀하게 마쳤습니다.

와주신 분들, 끝까지 함께하신 분들, 마음으로 격려해주신 분들, 모두에게 감사드립니다.

약속 드렸듯이 '변종과 잡종들' '망종과 말종들'로 이어지는 여정은 계속됩니다.

*

'관종'은 번외편으로 갑니다. '종의 기원'은 아니더라도 '순종'을 찾을 때까지요.

춘천은 가을도 봄이라지만…:
추자(秋子)가 있어 봄이 가을이 되기도 한다지요.
이 봄,
'올훼의 땅'에 오시면
김추자의 솔로 정규 음반 스물여덟 장 중 스물여섯 매를 볼 수 있습
니다.
서두르셔도 됩니다.

- 김남천, 백석, 채재영 외, <평양냉면>(가갸날, 2018)

그렇게나 좋아한다는 평양냉면을 춘천에 와서 한 번도 못 먹었다는 처자와 이른 점심을 먹었습니다.

평냉을 좋아한다는 오빠 동창생과 어제 술 마신 얘기도 하고, 역시 냉면을 좋아한다는 친구에게 사진도 찍어 보내더군요.

생각해보니 딸아이와 단둘이 밥을 먹은 적이 한 번도 없었습니다. 더구나 술 없이 식사만 하고 헤어진 적도 처음이고요.

평양냉면에게 고맙다는 인사를 전해야겠습니다.

언젠가 '평양랭면'을 함께 먹을 날을 고대합니다.

2023년 3월 27일

'소외된 자의 자화상'이랍니다.
제가 알기로는 늘 모든 것을 소외시키고 살아가는 자의 작품입니다.
어째 둘러싼 늑대들이 더 불쌍해 보일까요?
눈빛을 보니 양이 육식동물로 진화했음을 알겠습니다.

김자연 그림

2023년 3월 21일

- 장강명, <소설가라는 이상한 직업>(유유히, 2023)

<소설가라는 이상한 직업>을 인상 깊게 읽었습니다.

새삼 직업으로서의 글쓰기에 대해 생각을 해보게 됩니다. 저는 기껏 작업삼아 하는 수준이지만요.

직업이 소설가라면 그런가보다 넘어가지만, 시인이 직업이라고 하면 고개를 갸우뚱하게 되는 것이 현실이죠. 치열하게 쓰고 있는 시인들이 내 주변에만도 얼마나 많은데….

양말을 신고 나서 뭔가 어색하기에 생각해보니 늘 왼쪽을 먼저 신다가 오늘은 오른쪽을 먼저 신었네요.

- 박정대, <체 게바라 만세>(달아실, 2023)

"침묵은 다른 방식으로 펼친 주장이다."
— 체 게바라

마음먹은 대로 살기도 힘들지만 그렇게 사는 사람을 만나기도 쉽지 않죠.

체 게바라의 시인을 만나 여러 시간을 함께했는데, 주고받은 말은 아주 조금이었습니다.

그래도 신촌 '섬'에서 '우드스탁'을 거쳐 인사동 '섬'에 들렀다가 마침내 홍대 '섬'까지 이르렀습니다.

만나서 좋았습니다.

올해 달아실에서 나올 그의 책들을 많이 기대합니다.

각각 3, 4, 5월에 달아실에서 나올 책들의 작가들이 모여 중구난방 이야기하는 모습을 찍었습니다.

출연은 세 명. 사회자가 둘이고 네 대의 카메라를 비롯해 어마어마한 장비는 PD와 제작자가 담당했습니다.

방청객은 달랑 한 명이었지만 촬영이 끝나자 바로 들이닥친 뒤풀이 손님들로 소란명랑한 술자리가 이어졌습니다. 일찍 시작했으니 일찍 파했습니다.

알고 보니 하나뿐인 방청객도 딴전을 피우고 있었네요. 어지간히도 지루했나 봅니다.

달아실작가토크

윤미소 대표

2023년 2월 28일

- 캐럴리 에릭슨, <내가 여왕이다-대영제국의 황금기를 만든 빅토리아의 일생>
  (역사의아침, 2011)
- 대프니 듀 모리에, <대프니 듀 모리에-지금 쳐다보지 마 외 8편>
  (현대문학, 2014)

히치콕의 명작 <새>의 원작자 대프니 듀 모리에의 작품들은 50편 이상 영화나 드라마로 만들어졌습니다. 특히 그녀의 대표작인 <레베카>는 연극, 드라마, 뮤지컬, 오페라 외에도 1940년과 2020년, 두 차례나 영화화되었죠.

모처럼의 남행, 길동무로 챙긴 책들이 공교롭게도 영국 여왕에 관한 것과 '20세기 서스펜스의 여제'라는 영국 작가의 단편집이네요.

영국은 제가 가보지 못한 나라들 중 하나입니다.

- 에스테반 마르틴, <그림자 화가>(옥당, 2010)

피카소의 발길이 구석구석 닿았던 바르셀로나에서 태어나 어린 시절을 보낸 작가는 화가가 이십 대 중반에 자주 드나들던 사창가의 여인들을 그린 <아비뇽의 여인들>에서 영감을 받아 '잭 더 리퍼'를 런던에서 바르셀로나로 소환합니다. 거기에 셜록 홈스의 분신까지 등장시켜 용의자로 몰린 피카소를 구해줍니다.

픽션이지만 피카소의 작품과 생에 대한 깊은 연구가 작품 전반에 걸쳐 드러납니다.

홈스 일생의 유일한 미제사건을 작품 속에서 해결하게 해준 것이니 그에 대한 오마주로는 최고라 생각합니다.

두 번이나 해봤지만 '한 달 살기'로 한 곳만 선택하라면 역시 바르셀로나!입니다.

2023년 2월 19일

- 장-프랑수아 파로, <블랑 망토 거리의 비밀>(청어람, 2010)
- 힐러리 맨틀, <혁명극장 1, 2>(교양인, 2015)
- 루이세바스티앵 메르시에, <파리의 풍경 1~6>
  (서울대학교출판문화원, 2014)

혁명 직전의 파리가 배경인 추리소설을 가볍게 읽고 이어서 프랑스 혁명을 비교적 덜 부담스럽게 인물 위주로 세세히 다룬 소설을 마쳤습니다.

문득 생각이 나서 찾아보니 혁명 직전의 파리를 묘사한 <파리의 풍경>이 책장 구석에 숨어 있습니다. 안 읽어볼 수가 없겠네요.

이 작가의 후속작인 <새로운 파리>도 혁명 당시의 파리를 그린 여섯 권 짜리 대작이라는데 행인지 불행인지 번역본 검색이 안 됩니다.

혁명 후의 파리는 외젠 프랑수아 비독의 눈으로 봐야 할까 봅니다.

2023년 2월 5일

- 쟈핑와, <친구(朋友)>(이레, 2008)

하늘에, 바다에, 호수에, 술잔 속에, 내 맘속에, 그대의 눈동자에….
경포에는 달이 여러 개 뜬다죠.

점심 전에 오곡밥과 갖가지 나물을 싸 온 친구가 벨을 누르더군요. 문간에서 받아들고 고맙다는 말을 하려는데 신을 벗고 성큼 들어옵니다.

"무슨 이런 날 밥을 혼자 먹어? 내가 같이 먹고 갈게."

둥싯 달이 떴습니다.

섬나라에서는 흐린 날 구름 뒤에 숨은 달을 마음으로 보며 즐기는 풍류놀이가 있다고 하네요, 거 참.

2023년 2월 4일

- 최형국, <조선무사-조선을 지킨 무인과 무기 그리고 이름 없는 백성 이야기>
(인물과사상사, 2009)

폭력배에게 아들을 잃은 어머니가 있었습니다. 아들이 그리워 십 년을 하루같이 방바닥을 때리며 오열하던 어머니가 마침내 교도소를 나서는 살인범을 찾아갑니다.
"아이고, 이놈아. 내 아들 살려내라!"
울부짖으며 양손으로 그의 두 어깨를 내리치듯 잡았답니다.
순간 그의 어깨뼈가 부서지며 심장을 찔러서 비명도 못 지르고 즉사했다죠.

장르물 출간을 앞두고 또 다른 장르인 한국형 무협물을 써보고 싶습니다.
CG나 피아노 줄을 배제한 장면들을 그려보느라 묵은 책들을 꺼내보는 중입니다.

셋이 점심 먹으러 가는 차 안에서 전화가 오기에 스피커 폰으로 받았습니다.

나 : 어.

제주 : 어?

나 : 에!

제주 : 어.

캘리 : 어?

제주 : 에!

편집장 : 어어?

제주 : 어.

나 : 어.

제주 : 어.

그렇게 끝났죠.

편집장이 말이 제일 길었습니다.

직업병 탓인가 합니다.

2023년 1월 24일

- 타니구치 지로, <지구빙해사기 상, 하>(미우, 2016)

빙하기가 덮친 지구에서 나름대로 진화하는 위험한 생물들과 혹독한 자연환경에 맞서 싸우며 적응해가는 인류를 그린 거장 타니구치 지로의 1988년 작 '공상과학 모험활극'입니다.

쥘 베른의 세계관에서 영향을 받았다는 작가는 당시 잡지사의 사정으로 아쉽게 연재를 마치며 후속작을 약속했었죠. 그가 살아 있었다면 빙하시대가 아니라 온난화로 열풍에 휩싸인 지구를 그렸을 겁니다. 새삼 장르를 넘나드는 대작가의 면모를 다시 보게 됩니다.

실은 그의 작품들은 마음을 따뜻하게 하는 것들이 대부분이죠.

얼마나 추운지 오늘은 한번 나가볼 생각입니다.

2023년 1월 23일

- 크리스티 책임편집, <세상을 놀라게 한 경매 작품 250>(마로니에북스, 2018)

1766년 희귀본을 주로 취급하던 소더비에 맞서 출범한 크리스티 경매는 미술품만이 아니라 누레예프의 발레화나 007의 주인공들이 찼던 시계들을 비롯하여 자동차, 만화, 와인에 이르기까지 온갖 분야로 취급 물품의 영역을 넓혀왔습니다.

역대 최고가로 화제를 불러왔던 낙찰품들 중에는 중국과 일본 것들은 물론 아프리카나 중동지역에서 온 물건들도 눈에 띄지만 안타깝게도 우리나라는 안 보이네요.

눈요기는 실컷 하고 있습니다.

펠레가 1970 월드컵 때 입었던 유니폼은 내정가가 3억 2천만 원이었답니다.

*

헤어질 결심….

오래 같이하던 벗 하나를 떠나보냅니다. 그로 인해 즐거웠고 기뻤던 추억들만 새겨놓겠습니다. 함께하는 동안 누군가를 아프게 했거나 슬펐던 기억들은 하루라도 빨리 잊혀지면 좋겠습니다. 무언가를 이루거나 얻으려 할 때는 지나가고 하나하나 덜어내고 버려야 할 때가 왔음을 알아갑니다.

햇살이 착한 아침입니다.

2023년 1월 21일

재주 많은 아우님이 연하장을 보내왔습니다.

답을 하려니 재주는 없고 해서 그림 속 술 한잔을 권했습니다.

그가 가진 온갖 재주 중에서 한 가지만 가질 수 있다면 마시는 재주를 택하겠습니다.

술을 참으로 '잘' 마시는 사람입니다.

청탁불문, 두주불사!

양도 양이지만 항상 그렇게 즐겁게 마시는 사람은 드물죠.

그와 띠동갑인 반려자의 건강이 좋아져서 함께 "술이 술이 말술이" 할 날이 어서 오기를 빕니다.

술이 술이 말술이….

권도경 연하장

2023년 1월 18일

- 버지니아 스콧 젠킨스, <바나나 혹은 미국의 역사>(이소출판사, 2002)

우유에 그래놀라와 함께 넣을 바나나를 썰며 옛날 구전동요를 떠올렸습니다.

"원숭이"로 시작해 "맛있으면 빠나나 빠나나는 길어 길으면 기차" 통일의 염원을 담아 백두산으로 끝나는 이 노래를 기억하시는지요.

빅토리아 시대 젊은 여성들은 식탁 장식용으로 밀랍과 물감을 써서 꽃과 과일 바구니 만드는 법을 배워야 했는데 바나나는 정숙한 숙녀와 어울리지 않는다고 빼놓았다네요.

어릴 때 동무에게 "빠나나 거꾸로 해봐!" 하고는 놀려먹던 생각도 납니다.

바나나 껍질을 밟고 자빠졌다는 사람은 고바우 만화 속에서만 보았습니다.

*

이른 점심을 먹다 문득 한 소식 얻었습니다.

동태는 얼려서 동태가 아니라 겨울에 먹어야 제맛이라는 뜻임을요. 동태(凍太)가 아니라 동태(冬太)가 맞는 말이라는 생각을 했습니다. 생태는 탕이나 국이 제격이지만 동태는 찜이나 찌개가 딱이죠.

모처럼 제때 두 끼를 챙겨 먹었더니 별스런 잡생각만 가득입니다.

편집장에게서 봄에 나올 소설집의 제목을 정했다고 들었습니다. 그런데 의미심장한 전언을 덧붙입니다.

"앞으론 이런 장르는 안 쓰는 게 좋겠답니다."

달아실 비장의 고스트 라이터(ghost writer)가 아닌 고스트 에디터(ghost editor)의 말씀이니 명심해야죠.

그런데, 그런데 말이죠.

만약에, 만약에… 그럴 리도 없겠지만… 혹시… 혹시라도 이 책이 제법 팔리면 어쩌죠?

차마 입 밖에 낼 수 없는 기구한 질문이 맴돌고 있습니다.

유준의 그림을 보면, 그림 속 인물들을 보면 절로 떠오르는 노랫가락이 있습니다.

"사람이 꽃보다 아름다워"

그가 그린 인물들은 나이나 성별에 관계없이, 근엄한 장삼을 걸쳤거나 누더기로 감쌌거나, 심지어 벌거벗은 것도 모자라 아예 육탈을 해 뼈만 남아 있어도, 죄다 아름답지요.

사람이 꽃보다 아름다움을 수긍하게 됩니다.

인생의 꽃은 만남이라 하는데, 그의 하루하루 매 순간이 꽃과의 만남일진대 어찌 매일이 화양(花樣)하지 않을 수가 있겠습니까?

그의 눈길은 훔치지 못할지언정 그의 붓끝에서 피어난 아름다움은 실컷 훔쳐보고 왔습니다. 고맙습니다!

순경으로 출발하여 마침내 경찰의 꽃이라는 총경이 되었다는 소식이 왔습니다. 기술직이 갈 수 있는 최고의 자리에 올랐다는 전화도 왔습니다. 50대 중반인 그들의 평탄하지 않은 여정을 보아왔기에 소회가 남다릅니다.

<말죽거리 잔혹사>와 <비열한 거리> 이후로 오랜 슬럼프에 빠졌던 영화 제작사 친구가 드디어 신작 계약을 했다는 소식도 전해오고, 누구는 전시회를 열고 또 누군가는 원고를 마쳤다 하고….

묵은해의 끝자락에 기쁜 소식이 속속 이어집니다.

저도 좋은 일이 생길 거라는 설렘을 어쩔 수가 없네요.

이 비가 모두에게 상서로운 징조가 되기를 빕니다.

- 에르민 에르셰, <피카소의 맛있는 식탁>(예담, 2008)

평생 예술과 여자에게 그랬듯이 음식도 피카소에게는 탐미의 대상이었다고 합니다.

카탈루냐 산골에서 사냥으로 잡은 짐승을 직접 요리하던 젊은 시절에 입체파 탄생의 영감을 얻었다고 합니다.

육신의 옷은 침대에서 벗지만 영혼의 옷은 식탁에서 벗게 된다는 해석에 공감합니다.

아무래도 미각(味覺)과 미각(美覺)의 관계도 그와 같을 거라는 생각입니다.

병약한 젊은이였던 그가 건강하게 장수를 누린 비결이 그가 남긴 레시피에 있는 건 아닌지 열심히 들여다보고 있습니다.

- 제임스 힐먼, <전쟁에 대한 끔찍한 사랑>(도솔, 2013)
- 레베카 존스. <피의 백작부인>(문학수첩, 2015)

인간이기에 전쟁을 하고, 전쟁을 하기에 인간이라니… 믿을 수 없지만 진실로 그러하다면 진정 '끔찍한 사랑'입니다.

그에 비하면 연인의 마음을 얻기 위해 처녀의 피를 갈구했던 에르제베트 바토리의 사랑은 애달프기까지 하네요.

사람에 대해서건, 물건에 대해서건, 이념을 위해서건, 종교를 위해서건 '끔찍한 사랑'은 그 결말이 항상 끔찍합니다.

- 에릭 번스, <신들의 연기, 담배-담배의 문화사>

해가 뉘엿해질 때가 되어서야 샤워를 하고, 화장대 앞에서 정성 들여 치장을 하고 나들이 채비를…이 아니라 대충 머리를 말리고 배달 앱을 봅니다.

일껏 주문한 음식을 먹으며 포장 배달 요리의 해로움에 대한 영국산 다큐멘터리를 보았습니다.

식후에는 재떨이와 담배를 옆에 준비해두고 악마의 쌍둥이 자식 중 하나라는 담배에 관한 책을 열심히 연기를 피워가며 읽었습니다. 나머지 자식은 오늘 만나지 않았습니다. 3분의 1은 건강하게 보냈으니 만족스러운 날입니다.

*

"혹시 빠리에 가면, 빠리에서 서점에 갈 기회가 있다면, 서점에서 <어린 왕자>가 눈에 띄면, 한 권만 갖다 줄래요?"

귀찮고 성가신 부탁을 잊지 않고 이렇게 무더기로 안겨줍니다.

내게 고마워할 사람은 점점 적어지고 내가 고마워해야 할 사람들만 늘어갑니다.

술에 취하는 날보다 사람에 취하는 날들만 잔뜩입니다.

순한지는 몰라도 선한 사람에게 받은 감동 선물입니다.

고맙습니다.

ANTOIN
DE
SAINT-EXUPÉ
Petit P
édition collector
Prince
folio
folio-lesite.fr
Prince
arelles de l'auteur
The Little Pri
ANTOINE DE SAINT-EX

어린왕자

2023년 1월 4일

커피도 마실 겸 인사치레로 전시장엘 들렀습니다.

오랜만에 만난 작가가 종이백에서 주섬주섬 도구들을 꺼내더니 뚝 딱 연하장을 그려주네요. 이구하 작가의 그림 속 거북이들처럼 솟구쳐 오르는 새해가 되랍니다.

"얼굴 좋네. 몹쓸 병 앓았다는 거 뻥끼지?"

인사 대신에 이걸 덕담이랍시고 해주었네요.

고맙습니다, 거북이 작가님.

이구하 거북이그림

2023년 1월 3일

- 호시노 유키노부, <블루홀 1, 2>(애니북스, 2010)

3억 7천만 년 전의 모습을 유지하고 있는 살아 있는 화석 '실러캔스'를 실마리로 고생대와 현대를 오가는 SF 작품입니다. 대부분의 SF 물처럼 과학적 사고를 한참 벗어난 공허한 상상의 이야기죠.

몸길이는 1m가 넘는 실러캔스지만 뇌는 콩알만 하답니다.

오래도록 진화도 하지 않고 살아남은 이유가 뇌의 크기와 관련이 있지는 않을까 궁금합니다.

2023년 1월 2일

- 오치 도시유키, <세계사를 바꾼 37가지 물고기 이야기>
 (사람과나무사이, 2020)

'세계사를 바꾼 37가지 물고기 이야기'라지만 실은 청어와 대구를 두 주인공으로 삼아 유럽의 역사와 신대륙 이야기를 하고 있습니다.

염장 청어는 일 년을 가지만 말린 대구는 오 년까지 먹을 수 있답니다. 오늘날 영국을 대표하는 음식인 '피시 앤 칩스'의 대구 튀김은 19세기 중반에서야 탄생한 것이라네요.

종교적 이유는 아니지만 피쉬 데이(fish day)가 며칠째 이어지고 있네요. 디톡스(detox) 기간이라 자위하고 있습니다.

새해라 하지만
아무도 안 찾는
새 옷

*

이젠 설빔이란 말도, 설빔을 마련하는 일도, 아련한 기억 속에만 남
아 있습니다.
모두들 마음의 먼지가 깨끗이 날아간 새해를 맞이하시길 빕니다.

소세키 하이쿠

2부 / 노영무의 시

김현식 형은 1985년 소설로 등단했지만, 중고등학교 문예반 때부터 시를 썼다. 비록 소설가로서 여러 권의 소설책을 냈지만, 시인으로서 시집 한 권 내는 것이 김현식 형의 오래된 꿈이기도 했다. 노영무는 김현식 형이 시집을 낼 때 쓰려고 했던 필명이다. 갑작스럽게 세상을 떠난 김현식 형의 미처 퇴고하지 못한 '노영무의 시' 38편을 한데 묶었다.

평창이모

날궂이하자는 말도
꺼내기 미안한
하필 토요일의 비

그야말로 옛날식
대폿집을 찾아나선 길,

늦게까지 온다는 비 소식에
올커니 너 잘 만났다,
비닐우산도 버린 채 마음먹고
들어앉아 막걸리를 따른다

어쩐 일로 혼자 다 왔냐며
놀라 반겨주는 이모가
빈대떡에 쓸 삶은 고사리를 뒤적이며
혼잣말처럼 어깨너머로 내놓는 한마디

빈속에 들이킨 막걸리보다
더 짠하게 가슴을 치는
오늘만큼은 그 어떤 싯귀보다도
세상의 어떤 싯귀보다도

가슴을 치는
평창이모의 한마디

"에이구, 나라야 어쨌든 사람 마음이 펜해야지. 벨일 있는 건 아니
쥬?"

카페 화양연화

혼자라서 외롭던 시절이
생각나면
찾아가는 곳

함께라도 쓸쓸한 나이들이 되어
모여드는 곳

이윽고
밤이 제빛을 잃고
음악이 멈추면

덜어내려던 만큼의
아쉬움을 품고 일어나
귓가에 맴도는 멜로디에
자신만의 가사를 흥얼거리며
골목길을 빠져나오자니
문득 가슴 뻐근하게 떠오르는
꽃처럼 어리석던 시절

비로소
주인장은 흩어진 상처들을 쓸어내고

혼자만의 신청곡을 받아가며
자신의 꽃 같던 시절에게
한잔의 술을 청하겠지

골목 어귀에서 얼핏 돌아보면
세상에서
제일 슬픈 간판

불 꺼진 화양연화

새나라의 어른이

새나라의 어른이는
일찍 풀려납니다
술꾸러기 없는 나라
우리나라 좋은 나라

새나라의 어른이는
서로서로 뺏습니다
욕심쟁이 많은 나라
우리나라 좋은 나라

새나라의 어른이는
거짓말을 잘합니다
서로 속고 사는 나라
우리나라 좋은 나라

탕자의 기도*

짐짓
양보와 타협이라는
남루한 외피를 입힌
부박한 방어기제를 걸치고 살아왔으나
실은
비루하기 짝이 없는
패자의 변임을 자복합니다
간청하오니

부디
시험에 들게 하옵시며
다만
악에 물든 저를
내버려두옵시고
땅에서 이루지 못한 것들이
행여
하늘에서라도 이루어지지 않도록
지켜주소서

*김춘배 화백의 작품에서 부분 도용.

취중취담

야이 ㅆㅅㄲ들아는
성차별 용어라니 관두고
어이 ㅈㄲㅌ놈아는
ㅈ한테 미안해서 못하고
ㅈㄷㅇㄴ 새끼는
ㅈㄷ 아니라 묻어두고
ㅆㅂ 것들은 냅두고

그럼 누구랑
무얼 하지?
무슨 얘길하지?

알아
갈 때가
지났다는 거

갈 데…
갈 데는 있나…

아차, 춘배의 갈대밭*
갈대숲이라는 거짓…

안부

뿌리어
가꾸지 못해

거두어
나눌 것 없는
투미한 삶
단출한 살림

다만

달빛을 찍어
잘 있노라는 소식을
적었습니다.

달그림자 접어
새 한 마리 띄웁니다

노영무의 결심

어디 가서 시인 대접은 받고 싶은데
신춘문예는 넘사벽이라 지레 포기하고
유수한 문예지에 추천받는 것도
언감생심
그나마 자비출판은 잘나지도 못한 자존심이 가로막으니
여기저기 공모전에나 마구 던져보겠다

고심 끝에 깨알보다 작은 글씨가 빽빽한 전자담배, 로봇청소기, 소형
안마기, 핸드폰 등의 사용설명서를 베껴 보내기로 했다

혹시 아나?
Dada를 넘어선 개념문학의 탄생을 지지해줄,
9차원의 시를 알아볼,
더위 먹은 심사위원을 만나게 될지

척사斥邪

우선 커다란 솥을 꺼내 깨끗이 닦아야겠어
내일은 팥을 골라 불려놓아야 해
모레쯤엔 삶은 팥을 으깨어 죽을 쑤고
찹쌀이나 감자로 옹시미도 빚어야겠지

하지에는 솥을 끼고 앉아
오가는 이들에게 팥죽 한 그릇씩
뻘뻘대며 마시게 할 거야

귀신은 여름에 더 토실득실한 거 알잖아
겨울에 납량특집 하디?

그럼 동짓날엔 무얼 하냐고?

메주나 쑤어야지 뭐
팥도 많이 남았는데

망실신고

아등바등 찾아 헤매다 드디어 저만치에서 보고 소리쳐 불러도 못 듣고 무심한 인파에 섞여 사라져버리거나
어쩌다 차창 너머 눈길이 마주쳐도 닫힌 열차 문은 열리지 않고 가까스로 부두에 도착해봤자 매정한 연락선은 이미 떠나버리고

꿈속에서는 그리운 사람과 한 번도 만나지 못했지
그런데 어젯밤 꿈에는 밤새 그를 찾아다니면서도 전혀 조바심이 안 나고 걱정조차 안 생기는 거야
오히려 처음 본 거리나 부두를 걸으며 낯선 풍경을 즐기기까지 한 거 같아

이 꿈은 내가 그를 만나야 끝이 난다는 것을 알고 있었거든
꿈속에서도 확실히 알 수 있겠더군
마치 예전에 내가 쓴 소설의 결말처럼 말이지

내게 드디어 꿈을 마음대로 꿀 수 있는 능력이 생긴 거지
그것도 어느 날 갑자기 말이야

다시는 꿈을 못 꾸게 된 건 아닐까
아주 조금 허전하긴 하더군

부러워 마시게

바겐세일 사랑

헐하게 판다기에 일찍부터 서둘렀지.

거칠어진 숨결을 고르기도 전에 내 차례가 오더니 바로 솔드아웃 표지를 내걸더군, 지랄.

흠결이 있어도 괜찮으니 아무거나 하나 찾아봐달라고 떼를 썼더니 메뉴판 맨 아래를 가리키네.

<짝사랑은 무료입니다!>

숨차는 오픈 런*으로 시작해서 기어코 기약 없는 오픈 런으로 끝나더군, 염병.

<주의 : 인공향신료와 합성색소에 물든 당신에게 자연산은 심각한 부작용을 불러올 수 있습니다>

끝내 산처럼 쌓인 포인트는 한 줌도 덜어내지 못하고 말았지, 못하고 자빠졌지.

짝사랑은 셀프인지도 모르는 것들이 무슨, 옘병.

* 끝나는 날을 정하지 않은 공연이나 전시.

첫사랑

녹슨 열쇠를 꽂아 억지로 비틀어 가슴을 얽어매고 있던 오래디오랜 마음의 정조대를 풀자 툭 떨어져 발치에 닿기도 전에 산산이 부서져 먼지로 흩어지는 화석 덩어리

길었던 유통기한
끝나지 않는 공소시효

말벌의 입맞춤
고슴도치의 포옹

행여 흉터마저 소중할 상처

오독誤讀

　주판알보다 많았던 방앗간들은 죄다 어디로 간 걸까 주판으로도
셈할 수 없었던 그 수많은 참새떼는 이제 어딜 들락거리고 있을까 소방
서에 불이 나면 비극일까 희극일까 소방서가 불에 타고 교회는 낙뢰에
무너져 절마저 산사태에 묻힌 날 방앗간에 불을 지르고 천연덕스레 포
장마차에 앉아 산더미처럼 쌓인 참새구이를 먹는다 오도독오독 서울
오도독 오독 대가리를 깨문다 오도독오독 깨문다 1964년 오도도독오
독 겨울 오도도도독오독 으득

오월의 복병伏兵

죽도록 사랑해보지 못했다
죽어라 미워해본 적도 없다

죽어도 좋을 만큼 행복해지려 애쓰지 않았다

죽어도 모를 정도로 즐거웠던 기억은 아예 만들지도 않았다

하지만 마음 깊숙이 희로애락마다 매달려 있던 요요는 왜 몰랐을까

잘 싸매어 꽁꽁 얼려두었던 것들이 줄었던 몸무게가 이자를 잔뜩
얹어 다시 찾아오듯 온통 에워싸 버거운 오월

누가 사월을 잔인하다 했는가

소오 小悟

굵고 짧게?

누가 고래를 길지 않다 할 것이며
아나콘다를 굵지 않다 할 수 있겠는가

가늘고 짧은 것들이 얼마나 많은지 이제야 알았다

올려다보지 않겠다
큰 것을 바라지 않겠다
너무 먼 곳을 가려 않겠다
아름다운 것을 탐하지 않겠다
귀하고 좋은 것에 눈길 주지 않겠다

모쪼록 당신은 굵고 길게 살아라

이제부터 나는 밥상 앞에서 그저 다음 끼니를 걱정하지 않는 삶 정
도만 보고 살아도 되겠다

각자행

해삼의 눈으로
문어의 영혼을 찾겠다는
너

부디 힘들게 살아라

나는
편안하게
문어의 눈으로
해삼의 영혼을 보겠다

네가
낙타 등에서 흔들리며
멀미에 시달리고 있을 때

나는
고래의 너른 잔등에 누워
어김없는 안락을 취하리니

사월의 낮비

주말 잘 지내시라고
꽃구경 실컷 하라고

꾹꾹 참았다가

기어코
꽃 다 진 월요일에 내리는 비는 참 화창합니다

착하디착한 비가 어여삐 갸륵합니다

취중인사

문득 평행우주 저편에 있는 나에게 안부를 묻습니다
여기가 그러하니 거기도 이럴 거야
그렇지?

저편의 또 다른 내가 답을 합니다
여긴 그렇지만 거긴 다르지 않을까?
아니야?

그럼 우리 서로 바꿔볼까?
마지막 말은 둘이 동시에 했기에 함께 웃었습니다

평행우주는 여전 나란히 흘러가네요
함께 웃어 좋았습니다
그게 어딥니까

금연禁戀

뭔 놈의 땅이 맨날 꺼지고 뭐 땀시 하늘은 툭하면 무너지나?

백 번 고백했다가 백 번 차이는 것보다 매번 같은 사람에게 하루 한 번씩 짤려보았나?

실연의 달콤함 같은 애먼 소리 하고 자빠졌네

당해는 봤나?

비상시국선언 非常詩局宣言

엄히 명하노라!

과인이 듣자 하니 근자에 노아무개라는 전대미문의 괴인이 장안 처처에 빈번히 출몰하여 작자의 과시科詩낙방에 원을 품고 온갖 해괴한 망언과 요설로 몇몇 우매하고 선량한 백성들을 현혹하여 혼란에 빠뜨리는 한편 뜻있는 문사들의 심기를 어지럽히고 있다 하니 당장 오라를 지어 끌어다 혹詩무민 詩문난적의 죄를 물어 주리를 틀고 단매에 물꼬를 내는 한편 다시는 이 같은 시국사범詩局事犯이 준동하여 태평한 시민詩民사회를 어지럽히는 일이 없도록 그 죄의 중함을 널리 알려 본보기가 되도록 엄중히 다스릴지어다!

이는 시급하고도 불가역적인 조처이니 제신과 신민들은 이 중차대한 일에 추호의 시시비비詩是非非가 없도록 하고 허무맹랑한 유언비어에 부화뇌동하지 말고 각자의 생업에 전력을 다할 것을 명하노라

우화憂話

지옥으로 가는 내리막길이 오히려 목적지보다 더 춥고 어둡고 힘들
답니다
알아서 갈 길을 서두르라고요

천국으로 올라가는 길은 따사롭고 환하고 아름다울까요?

아니요, 오히려 지옥길보다 더 고되고 무섭고 험하답니다

천국에는 오는 이들이 너무 적어서 소멸위기에 처한 지역으로 등록
된 지 오래기 때문이죠

그러니 길에서 마냥 꽃 따위 쳐다보느라 어정대지 말고 어여 오시랍
니다

물금

밥은 먹었어?
금요일인데 뭐해?
오늘은 안 나오세요?

모두 옛날에 남아 있고
아득히 먼 데서 잘 있냐는 전화만 간혹인데
그거라도 어디냐며 씩씩하게 빼무는
마지막 한 개피의 장렬함이라니

잘 있어줄까 말까

블랙 버킷리스트

마음속 먼지를 털다가 갈피갈피 많이도 끼워놓은 찌지들을 하나씩
찢으며 되돌아보니 하지 말라는 것들만 부둥켜안고 보낸 세월에 절로
터지는 영하 10도의 한숨 한 줌

소망

    내 맘속 저수지는 이미 메말라 더는 내어줄 것이 없으나 단아하고
소박한 너의 생태계만큼은 부디 흔들리지 않기를 빌며 간절히 걷고 있
자니 밤의 초입부터 저만치 따라오던 가로등이 마침내 고개를 떨구며
눈을 감는 새벽

차라리 유행가

이 또한 지나갈 거라면 왜 오셨는지 이번에 오시는 건 누구일까 무
엇일까 기다릴 땐 짜릿하고 새콤달콤하지만 가실 땐 아릿한 매콤함뿐
오지 않았으면 가지도 않았을 터 이젠 다시 오기나 할까

날
걍
냅두지
왜 그랬어

왜 그랬어요?

잔인한 낙언落言

사람을 사랑하는 것이 죄라면 자기는 가석방 없는 종신형을 백 번
도 더 받았을 거라며 나 더럽지 묻기에 한참을 물끄러미 쳐다보다 드럽
게 불쌍한 녀석이라고 내뱉었더니 너 진짜 나쁜 놈이라며 소주를 병째
들이키던 그 가여운 사랑꾼은 여자를 사랑했을까 남자를 사랑했을까
모두를 사랑했을까 도무지 알 수 없는 가슴 서늘한 오후

어설픈 사람들

한 친구는 목주름 가리느라 목도리를 못 풀고 한 녀석은 취한 거 숨기려 술잔만 거푸 비우는데 그 여자는 쓸데없는 애깃거리를 뒤적여 옛날을 되새기려 애쓰기에 느닷없이 우리가 무인도에 떨어지면 우리 셋 중에서 누굴 신랑 삼을래 물었더니 넌 아니야 하는 애처롭고 안심되는 저녁

검색

노영무가 누구냐 아무리 찾아봐도 안 나온다고 시집을 많이 읽었다는 사람이 궁금해하기에 그 사람 그 어렵고 귀하다는 시집을 못내 차마 시인까지는 아니고 굳이 얘기하자면 낙서와 낙시의 중간질을 하는 친구라 했더니 꼭 만나고 싶다 하길래 나도 보고 싶다 했습니다

손톱을 깎으며

술잔을 받을 때는 두 손으로 받거나 한 손으로 다른 손목을 받쳐
받고 따를 때는 당신의 잔을 내 앞에 끌어다 놓고 조신조신 따르지만
끝내 감출 수 없어 저 손 많이 떨어요 어쩔 수 없던 자백이 떠올라 못
내 서글픈 오후의 창가

술잔을 받을 때는 두 손으로 받거나 한 손으로 다른 손목을 받쳐
받고 따를 때는 당신의 잔을 내 앞에 끌어다 놓고 조신조신

쓰지 말라는 제목, 무제

행복

누구나 미래형이길 바라지만 대부분 과거완료형으로 존재하며 드물게 현재진행형으로 나타나도 알아채지 못하거나 착각인 경우가 일쑤임

흡연

피아를 가르는 가장 단순한 일차원적 측정법으로 계량이 불가하고 양적 구분의 의미는 없음

사랑

가난과 더불어 절대 숨길 수 없는 것이라 하지만 실은 그 반대의 경우보다는 상대적으로 감추기 수월함

유기인

버려지는 것보다 잊혀지는 것이 더 슬프다는 버림조차 받아보지 못한 사람의 안타까운 거짓말과 버림받느니 차라리 버려버리겠다는 안쓰러운 오기가 마땅하다면 이젠 어디에서 누굴 만나 무엇을 할 수 있을까 아예 살 수 없을 것 같기도 하고 짖어나볼까 멍멍!

시인학교 보충수업

사랑 추억 낭만 이별 이런 상투적인 단어는 쓰지 말라시니 그럼 이
념 주의 사상 부동산 증권 선거 이런 거 쓰라는 건지 클리셰는 들어봤
어도 반클리셰도 다 있나 어안이 벙벙벙 벙벙해지는데 문득 날아오는
말 당신은 사랑받을 자격 없어요 하고 칼 같은 혀로 비수 같은 말들을
던지는데 그저 아니요 저는 누굴 사랑할 자격조차 없습니다 할밖에
방탄 방검 방풍 방역 방한복은 있는데 어째서 방애복防愛服은 없는 것
인지

어떤 만남

272

시인이라고 하기에 저도 시인이라 했더니 어떤 시집을 냈냐 하기에 쓰지는 못하고 다만 읽는다 했더니 그럼 미술애호가도 미술가냐고 묻기에 그래서 거기는 가가 붙고 시에는 인이라고 하는 거 아닌가 답하고는 그래도 성이 나기에 당신들 시를 정말 사랑한다면 어째서 이 나라에서는 시집을 펴내도 시인 숫자의 백 분의 일 아니 천 분의 일도 안 팔리냐 따졌더니 너 이 단어 알아 하는 듯이 "뷬니튕랗쑈윰퓨클" 내뱉으면서 골을 내며 돌아서는 꼴이 역시 시인 맞더군요

산 그늘

몇 날 며칠 만에 고개를 들어보니 앞산이 이만치 다가와 있는 것은 지금 밟고 있는 얄팍한 인연의 끈들일랑 뭉개버리고 어서 오르라는 건지 알량한 짐보따리 풀어버리고 돌아서 내빼라는 뜻인지 당최 알 수 없는 일이라 에라 모르겠다 그 자리에 벌렁 자빠져 눈을 떠보니 하늘이 아직 게 있었네 이대로 눈 감고 기다리면 저 산이 성큼성큼 다가와 이 모든 것 덮어 주겠지

오늘도

푸석푸석

푸석한 머리칼에 손가락을 묻고 윤기 나는 머리칼을 가진 적이 언제였나 더듬는 사이 도깨비가 내어준 자리엔 허깨비들이 잔뜩 몰려와 눌러앉는데 불 꺼진 간판들만 실없이 들어찬 골목길 끝에서 세상에 없는 노래들을 수없이 신청하며 오늘도 어김없이 하루를 허투루 보내버리겠다 맹세하는 오후

싸락눈이라도 와버리라지

사락 싸락

1

네가
최소공배수를 구할 때

나는
최대공약수를 찾아 헤맸더군

너의
영원이
모질게도 짧게 스쳐갈 때
나의
찰나는 또 얼마나
지루했을까

이처럼 간략한
서로소를
왜 서로는 몰랐을까

C

"만약에 내가 시인이라면
시인이었다면
한 줄만 읽어도
아름다운 시를 썼을 거야"
시인을
만난 적이 있습니다

그 사람은
시 얘기는 하지 말자 우겼지만
저는 부득부득
시 얘기를 하자 했죠

지금도
매일매일
그녀의 시집을
한 권씩 삽니다

쓰는 사람보다
읽어주는 사람이 적다면,

시집을 사는 사람보다

읽는 사람이
적다면
시름은 누구 것일까요

그녀의 다음 시집이 나온다면
난
차라리 매일
비타 C 5000을
한 병씩
살 것 같습니다

그래야 할 것 같습니다

다만
저는 그녀의 시집을
펼치지 못할 뿐이죠

어리석음의 10,000과사전*

시계 초침 소리가
이렇게 웅장했던가

방금 먹은 김밥에 누군가
양귀비를 뿌리째 넣어둔 거겠지

감각이
해파리의 촉수보다
더 파르르해진 걸 보니 틀림없으렷다

인간의 어리석음을
백과사전에 담을 수 있다는
생각만으로도 백일과가 되는데

암소가 부럽다*

우리가
방금 주고받은
그 미소들은
아날로그였을까
혹시 디지털은 아니었을까

무슨 상관이 있으랴
기계식 눈물이든
전자식 울음이든

인간적까지는 못 가더라도
잠시라도 슬쩍 웃어보고 싶은 때

안 되면 슬몃 울어나볼까
기계식이든
전자식이든
암소처럼이라도

울 수는 있을까

* 아르토 파실린나, 〈웃는 암소들의 여름〉(쿠오레, 2008) 변용.

3부

발행인의 편지

김현식 형은 종합문화예술 월간지 〈태백〉 발행인이었다. 월간 〈태백〉은 2016년 6월 창간호를 낸 〈태백〉은 2018년 5월호까지 2년 동안 24호를 내고 안타깝게 문을 닫았지만, 문화예술에 대한 김현식 형의 애정과 진심을 보여주기에는 부족함이 없는 잡지였다. 김현식 형은 창간호부터 2017년 11월호까지 매호마다 짧은 발행인의 편지를 썼는데, 어느 독자는 '발행인의 편지' 때문에 잡지를 구독한다고도 했다.

2016년 6월 창간호

월간 <태백> 발간의 변

바야흐로 인문학이 전성기를 맞은 듯합니다. 서점의 인문학 코너마다 온갖 수식어가 붙은 인문학 관련 책들이 넘칩니다. 주위를 조금만 살펴보면 인문학에 의지한 강좌와 답사 프로그램들이 셀 수 없이 생겨납니다. 정치가는 정치가대로 지자체는 지자체대로 모두가 한결같이 미래 먹거리로 문화예술을 강조합니다. 그야말로 인문학이 차고 넘친다 해도 과언이 아닙니다. 풍요 속의 빈곤은 아닌지, 속빈 강정은 아닌지, 지나친 기우일까요.

그럼에도 불구하고 이 시대의 화두는 인문학이고, 나아가야 할 길은 문화예술이라고 믿고 있습니다. 적지 않은 분들의 우려와 만류에도 불구하고 종이잡지, 그것도 인문학 잡지를 만들게 된 까닭입니다. 기왕에 만드는 잡지라면 제대로 만들겠습니다. 인문학과 문화예술의 모든 것을 담을 수는 없지만 하나라도 제대로 담아내겠습니다. 읽고 버리는 것이 아니라 보관해야 하고 보관하고 싶은 잡지를 만들겠습니다. 그리하여 손닿는 곳에 자리하여 독자들로 하여금 늘 걸치는 옷가지처럼 편안하고 친근하게 문화예술을 접하게 하고 싶습니다. '아트 인 라이프'라는 사명도 그런 소망에 연유한 것입니다.

작으나마 의미 있는 문화지원 사업들도 조금씩 추진할 생각입니다. 먼저 미래의 동량이 될 아이들과 청년들이 책 읽는 습관을 들일 수 있도록 금월호부터 독후감 모집을 시작합니다. 읽기만큼 쓰기도 중요하다고 여겨 감상문은 손글씨로만 받으려고 합니다. 또한 강원도에서 청춘의 가장 중요한 시기를 보내고 있는 젊은 국군용사들과 유학생들에게 문화추억을 심어주려고 합니다. 어떻게 하면 이들이 강원도를 제2의 고향으로 여겨 훗날 강원도를 다시 찾게 할 수 있을지 같이 고민해주시고 방안도 제시해주시면 고맙겠습니다.

발행인으로서 양해를 구할 것이 있습니다. 국토의 등뼈인 태백이란 제호에 걸맞지 않게 금월호 내용이 한 지역에 치우친 경향이 없지 않습니다. 변명하지 않겠습니다. 앞으로 <태백>이 지역과 세대를 아우르며 균형과 조화를 이루는 것에도 최선의 노력을 다하겠습니다.

끝으로 지금 우리나라 문화예술계의 최대 이슈인 국립한국문학관의 강원도 유치에 힘을 보태기에 시간이 너무 촉박한 점이 아쉽습니다. 하지만 어느 지역이건 확정된 뒤에라도 각 후보지마다 그간의 유치를 위한 준비와 노력의 속내를 깊이 취재하여 반면교사로써 훗날의 좋은 길잡이가 되도록 할 생각입니다.

발행인의 편지는 자주 드리지 않겠습니다. 얘깃거리가 있는 때에만 찾아뵙도록 하겠습니다. 다음에 인사 올릴 때까지 평안하십시오. 감사합니다.

세상에서 가장 작은, 그러나 세상에서 가장 큰 도서관

이달에는 가칭 '길 위의 작은 도서관' 얘기를 하겠습니다. 대한민국 전체는 고사하고 강원도만 해도 너무 범위가 커 잘 와 닿지가 않으니 계산하기 좋게 춘천시를 예로 들겠습니다.

춘천시에 버스정류장이 1,057개라고 하니 57개는 절삭하여 1,000개라고 하겠습니다. 비, 바람은 물론이고 먼지까지 막아주는 예쁜 책보관함을 만드는 데 20만 원이면 충분하다고 봅니다. 그러면 춘천의 모든 버스정류장에 작은 도서관을 설치하는 데 대략 2억 원이 들어갑니다. 버스정류장의 의자가 서너 명이 앉을 수 있으나 조금 넉넉하게 세 명이 앉는다고 가정하면, 2억 원으로 3,000석을 갖춘 도서관을 만들 수 있다는 계산입니다.

춘천의 월간 버스 이용객이 연인원 100만 명이 넘는다고 하니, 단순히 생각해도 한 달에 100만 명이 도서관 문턱을 넘는 셈입니다. 혹자는 도서의 분실을 염려하기도 합니다만, 예로부터 책 도둑은 도둑이 아니라 했으니 크게 염려할 일은 아니라고 봅니다. 누가 책을 좀 가져간다 해도 어떻습니까. 어차피 많은 시민들이 쉽게 편리하게 책을 읽게 하자는 것이 이번 일의 취지인 만큼 그렇게 해서라도 한 분이라도 더 책을 볼 수 있다면 오히려 보람이지요. 다만 분실의 염려와는 별개로 시민도서관장을 1,000명 정도 모실 생각입니다. 아무리 작은 도서관이라지만 시설은 시설이니만큼 최소한의 관리는 필요하니까 말입니다. 물론 시민도서관장이라고 해서 일부러 시간을 들이거나 힘을 들일 필요는 없습니다. 버스를 이용하는 길에 혹은 오가는 길에 잠깐 잠깐 살펴주시기만 하면 되니까요.

월간 태백 독자 여러분,
버스정류장마다 버스마다 핸드폰이 아닌 책을 든 사람들로 가득한 춘천을 상상해보십시오. 그런 강원도를 그런 대한민국을 상상해보십시오. 가슴이 두근거리지 않습니까. 그래서 부탁드립니다. 집에 오랫동안 쌓여있는 책들 먼지를 좀 털어내고 맑은 공기를 쐬게 하면 어떨까요? 아래 사진을 보십시오. 얼마나 흐뭇하고 예쁜 정경입니까. 비록 지금은 연출한 풍경이긴 하지만 언젠가는 이루어질 춘천, 강원도 나아가 대한민국의 일상의 풍경이 될 것입니다. 월간 태백이 꼭 해내겠습니다. 세상에서 가장 작은 도서관이지만, 세상에서 가장 큰 도서관이 될 수 있도록 여러분의 아낌없는 응원과 격려를 바랍니다.

가다가 멈추면 아니 감만 못 하리라

글에 앞서 먼저 부끄럽고 죄송하다는 말씀을 드립니다. 사람이 하는 일이라 오타가 없을 수는 없겠지만, 발행인의 편지 그 짧은 원고에 두 개씩이나 오타가 있었습니다. 단행본이라면 전량 회수해서 다시 찍어드리고 싶지만 마감과 더불어 다음 호를 준비해야 하는 월간지라 어쩔 수가 없었습니다. 다시는 이런 일이 없도록 하겠습니다. 거듭 고개 숙여 사과드립니다.

'국립한국문학관 설립 잠정 중단'이라는 갑작스런 부고를 들었습니다. 춘천의 곳곳에 걸린 분발과 다짐의 현수막들이 마치 상여를 뒤따르는 만장들로 보입니다. 저의 눈에만 그렇게 보이는 걸까요.

다음 달쯤에는 국립한국문학관 부지가 들어설 곳에는 감사와 다짐의 인사말이, 선정되지 않은 많은 곳에는 축하와 성원의 메시지로 뒤덮일 줄 알았습니다.

무슨 말을 하겠습니까. 그저 삼가 애도를 표할 뿐입니다.

소박한 실용주의자의 꿈

국립한국문학관의 설립이 중단되었습니다. 소는 잃었지만 외양간만큼은 더 크고 튼튼히 짓겠습니다. 집 나간 소가 가족을 이끌고 무리를 이루어 돌아오도록 하려면 그만한 준비를 해야겠지요. 지난 6월호에서 약속 드렸듯이 이번 호에서는 국립한국문학관 유치 노력에 대해 이모저모 짚어보았습니다.

개인적인 생각이지만 강원도에 새로운 문학촌 벨트를 그려봅니다. 예로부터 훌륭한 문인묵객(文人墨客)들이 수없이 배출된 강릉에는 고전문학, 김유정의 춘천에는 인제의 박인환과 철원의 이태준을 묶어 근대문학, 원주에는 박경리의 토지를 중심으로 한 여성문학 혹은 현대문학 그리고 여타 지역에는 아동문학, 번역문학, 장르문학, 추리문학, 희곡문학 등등… 이렇게 특화된 문학관들로 강원도에 문학촌 벨트를 형성한다고 상상해보십시오. 기왕에 지어진 시설들을 이용하여 내용을 충실히 채워간다면 수백 억 원을 들여 한 곳에 짓는 것보다 더 알찬 문학촌이 되지 않을까요. 거창한 허울보다 소박한 실용에서 답을 찾아야 한다는 생각입니다.

국립한국문학관을 다룬 것이 과거의 이야기라면 다음번에는 현재 진행중인 테마를 다루고자 합니다. 다름이 아니라 강원도 '문화도민운동'입니다. 졸지에 비문화인, 야만인이 되어버린 강원도민의 한 사람으로서 문화도민 운동의 실체를 들여다보고 싶습니다. 최소한 내가 무슨 종목의 국가대표인지는 알아야겠기에 기획을 해봅니다. 그리고 미래형으로 목전에 다가온 평창비엔날레도 살펴볼 예정입니다. 모두 다 잘 되길 바라는 마음으로 하는 일이니 두 사업에 종사하였거나 이바지하고 계신 분들 그리고 관심 있는 분들의 의견을 최대한 들어보겠습니다.

우보천리(牛步千里), 우직하게 가겠습니다.

시장의 힘과 대중의 눈을 믿습니다

예술의 궁극적인 주인이 창작자가 아니라 수용자라는 생각(이영미, 『대중예술본색』)에 전적으로 동의합니다. 그렇다면 미술의 경우 관람자나 수집가(개인 혹은 미술관)가 되겠지요. 실은 생산자로서 작가, 유통자로서 갤러리와 경매회사 그리고 최종 소비자로서 수집가가 균형을 이룬다면 가장 바람직한 모습이겠구요. 그러나 지금은 뭐랄까 형평에 맞지 않는 부자연스러운 현상이 계속 되고 있습니다.

K-POP으로 대변되는 대중예술을 비롯한 타분야를 일일이 거론하지 않더라도 한국 미술이 그 저력에 비하여 세계 시장에서 평가받지 못하는 이유가 많은 부분 거기에 있다고 봅니다. 한 주간지(일요신문)에서는 그 원인을 왜곡된 유통시장에 있다고 보고 '힘 있는 미술작가'를 발굴하는 사업(「한국 미술 응원 프로젝트」)을 시작했는데 좋은 시도라고 생각합니다.

이런 고민을 바탕으로 <K-콩쿠르>라는 세상에 없던 공모전을 하려고 합니다. 절대 다수를 차지하는 최종 소비자-미술 장르의 특성상 누구나 소장할 수는 없지만 입장료를 내고 미술관에 입장하는-의 관점에서 미술이라는 장르에 접근해보고자 합니다. 이달에 시작하는 저희 K-콩쿠르 공고를 잘 살펴보시고 주위에도 많이 전파해주십시오. 격려의 말씀뿐 아니라 같은 비중으로 비판 의견도 성실히 수렴하겠습니다.

일회성 행사가 아니라 지속 사업이라는 각오로 시작하겠습니다. 앞으로 더 많은 새로운 시도를 하겠습니다. 꾸준한 관심과 지적을 바랍니다. 부디 올여름 못지않은 뜨거운 열기가 미술계에 몰아친다면 그것만으로도 보람을 느끼겠습니다. 시장의 힘을 믿습니다. 대중의 눈을 믿겠습니다.

그리고 큰절 한번 올립니다. 저희가 시작한 <정류장 책방> 소식을 접하신 많은 분들이 격려를 주시고 손수 혹은 트럭까지 빌려 저희 운동본부로 책을 보내주시고 있습니다. 뭐라 표현할 수 없을 만큼 감사한 마음 그리고 그 몇 배의 책임감이 책의 무게만큼 함께 다가옵니다. 초심을 잃지 않고 최선을 다하겠습니다. 지켜봐주십시오.

피부에 와 닿다! 살갗에 와 닿다!

일석이조 一石二鳥
삼한사온 三寒四溫
오장육부 五臟六腑
칠전팔기 七顚八起
십중팔구 十中八九
백발백중 百發百中
천군만마 千軍萬馬
……

우리가 자주 접하는 글귀들입니다. 상용한자 정도만 배운 사람이라면 따로 설명을 하지 않아도 바로 뜻을 알 수 있겠지요.

오른쪽 사진을 한번 보십시오. 불과 삼십여 년 전의 신문입니다. 조금은 지나치다 싶을 만큼 한자가 많기는 하지만 당시에 고등학생쯤 되면 대부분 읽을 수 있었다면 믿겠습니까?

대학 다닐 때 이념서클 친구들이 열흘이나 보름 정도 집중적으로 공부하면 발음은 몰라도 사회과학 서적을 읽어내는 것을 보았습니다. 한자를 배운 세대이기에 가능했던 일이었습니다. 제가 일본과 중국이라는 초강대국의 언어를 비교적 쉽게 습득할 수 있었던 것도 그 덕분입니다.

한글날에 즈음하여 한글 전용론, 한자 폐지론, 병행론, 한자교육 필수론 등 온갖 주장이 난무합니다.

제가 하고자 하는 얘기가 '피부'에 와 닿는지, 혹은 '살갗'에 와 닿는지 한번 생각해보시기 바랍니다.

치국(治國)이 아니라 치국(恥國)이라니요!

월간 <태백>을 포함해서 문화나 예술에 관계되는 일을 하고 있다고 말하기가 차마 부끄럽습니다. 더구나 문화와 예술을 통해 지역과 나라에 도움이 되고자 하는 마음이 언감생심(焉敢生心)이 될 줄은 짐작조차 못했습니다.

정치나 경제 이야기를 하지 않아도 되는 잡지를 만들고자 한 이유가 뭐였는지 생각하면 허망합니다. 인격과 마찬가지로 나라의 격도 올림픽이나 행복지수처럼 순위를 매기는 일이 없기를 바랄 뿐입니다. 대한민국이라는 나라 이름을 공모를 통해서라도 바꾸고 싶은 심정입니다. 심각하게 휴간이나 폐간을 생각해보기도 했습니다.

그럼에도 불구하고 심기일전(心機一轉)해야겠지요. 이런 때일수록 우리 모두가 열심히 해야 할 일을 해야겠다는 각오를 스스로 다져야 합니다. 지금은 우리 모두 눈에 불을 밝혀 해야 할 일을 찾아야 할 때입니다. 촛불로 안 된다면 횃불을 들더라도 말입니다.

2017년 1월호

고맙닭! 고맙다 닭아의 줄임말입니다

며칠 후면 정유년(丁酉年) 닭띠해입니다. 세밑에, 정초(正初)를 코앞에 두고 생뚱맞은 이야기가 될지도 모르나 한 가지 제안을 하겠습니다.

춘처을 대표하는 음식이라면 '춘천에 온 김에' 먹어보자는 막국수가 있고, '먹으러 춘천에 가자'는 닭갈비가 있습니다. 지금은 예전과는 달리 두 가지 음식을 한 곳에서 먹을 수 있는 곳이 많으니 굳이 편을 가르진 마십시오. (저는 닭갈비보다는 막국수를 자주 찾는 편입니다.) 춘천에 닭갈비와 관련된 생업에 종사하는 사람이 적지 않을 것입니다. 그뿐이겠습니까. 골목골목 치킨집은 얼마나 많습니까. 멀리 속초의 닭강정은 또 어떻고요.

그래서 드리는 제안입니다. 12년 만의 닭띠해를 맞아 뜻있는 행사를 하고자 합니다. 닭갈비 축제에 즈음하여 '닭 모형을 만들어 감사의 뜻을 표하는 이벤트'를 하면 어떨까 싶습니다. 공양이나 진혼제, 위령제라는 명칭이 이런저런 이유로 부담스럽다면 그저 '닭에게 감사 인사하는 날' 정도로 하여 고맙다는 뜻을 표시하는 행사를 하면 어떨까요?

비단 춘천뿐 아니라 치맥(친킨과 맥주)을 사랑하는 우리나라 사람 모두와 함께 말입니다. 치맥 역시 한류를 상징하는 식문화(食文化)의 하나로 이미 세계적으로 인정받고 있지 않습니까. 아무 죄 없는 닭을 나쁜 일에만 끌어다 쓰는 일이 너무 많아 한편 미안하기도 하니 말입니다. 양계업이나 도계업, 닭갈비협회 등에서 추진할 뜻이 있다면 저희 <태백>이 힘을 보태겠습니다.

올해는 닭 잡아먹고 오리발 내미는 꼴 좀 제발 안 보고 살면 좋겠습
니다.
새해 복 많이 받으십시오.

누구를 위한, 무엇을 위한 태스크포스 팀인지 모르겠습니다!

문화체육을 담당하는 정부부처에서 그와는 전혀 어울리지 않을 듯한 태스크포스 팀(TF team)이 가동 중이라 합니다. 당연히 지금 시끄러운 무슨무슨 재단 문제나 무슨 리스트 같은 황당한 일들을 샅샅이 들여다보고 말끔히 정리할 것은 정리하고 억울한 일을 당한 이들이 있으면 바로잡으려 하는 뜻인 줄 알았습니다.

그런데 생뚱맞게도 지난해 상반기 온나라 문화계를 달궈놓았던 국립'한국'문학관 선정을 위한 것이라고 합니다. 한국 문학 중흥을 위한 중장기 대책의 하나로 기왕에 준비해온 스물네 곳에 느닷없이 세 곳을 더해 모두 스물일곱 군데 중에서 한 곳을 이달 말까지 선정한다고 합니다.

이 어수선한 때에 연말연시를 끼고 이달 설 연휴 언저리에 결정하겠다는 것입니다.

나름 열심히 준비한 곳들을 꼼꼼히 살펴본 뒤에 차근히 결정을 하고 또한 탈락한 곳들도 일일이 알아듣게 알려줘야 하지 않을까요?

하여간, 하여간입니다.

마지막으로 하나 짚고 갈 것이 있습니다. 국립'한국'미술관, 국립'한국'박물관, 국립'한국'극장, 국립'한국'중앙도서관, 국립'한국'서울대학교…. 어떤가요? 국립 '뭐뭐'라는 곳에 '한국'이 들어가니 여간 어색하지가 않습니다. 언제 어디에 세우든 '국립문학관'이 맞습니다. 국립'한국'문학관은 절대 아니지요!

2017년 3월호

춘몽, 春夢

　문장과 인품, 우리말글과 민초에 대한 사랑과 앎에 있어 표상(表象)이라 할 수 있는 분. 학연, 지연, 혈연 그 어떤 인연도 없습니다만, 우리말과 우리글을 쓰는 후학으로서 오롯이 그분의 정신을 기리는 문학상을 제정하고 싶었습니다. '某某 문학상'을 만든다는 기쁜 소식을 <태백> 독자들께 전하고 싶었습니다.

　지난 몇 개월 동안 기쁜 마음으로 준비를 했는데, 오늘 문학상 제정이 불가하다는 연락을 받았습니다. 저간의 사정을 일일이 말씀드리지는 않겠습니다만, 허탈하고 안타까운 마음은 어쩔 수 없는 노릇이겠지요.

　꿈 한바탕, 질펀하게 꾸었습니다.

환귀본처(還歸本處)

이달엔 제 마음을 담는 것으로 편지에 갈음합니다.
우리 모두의 마음이라 믿습니다.

1

동해 물과 백두산이 마르고 닳도록
하느님이 보우하사 우리나라 만세

무궁화 삼천리 화려강산 대한 사람 대한으로 길이 보전하세

2

남산 위에 저 소나무 철갑을 두른 듯
바람 서리 불변함은 우리 기상일세

무궁화 삼천리 화려강산 대한 사람 대한으로 길이 보전하세

3

가을 하늘 공활한데 높고 구름 없이
밝은 달은 우리 가슴 일편단심일세

무궁화 삼천리 화려강산 대한 사람 대한으로 길이 보전하세

4
이 기상과 이 맘으로 충성을 다하여
괴로우나 즐거우나 나라 사랑하세

무궁화 삼천리 화려강산 대한 사람 대한으로 길이 보전하세

듣고 싶은 이야기

(…전략…)

정치적 이념으로 편을 가르고 떼를 지어 영화를 보는 일은 없을 겁니다. 가령 <변호인>, <광해>를 보았다면 <국제시장>과 <연평해전>도 보겠습니다. 보고 싶은 순수 예술영화나 독립영화가 있다면 단출하게 식구들과 조용히 다녀오겠습니다. 영화 한 편 보는 일이 어떤 메시지를 담은 정치적 행위로 비춰지는 일은 절대 피하겠습니다.

되도록 책을 많이 읽으려고 합니다. 읽고 좋았던 책이라면 기자들과 편히 둘러앉아 담소를 나눌 때 권하기도 하고 또 요즘 읽은 책 중에 좋은 것이 있으면 추천해달라고도 하겠습니다. 정 시간이 나지 않으면 요약본을 만들어서라도 반드시 읽어보겠습니다.

뮤지컬이야 가서 봐야겠지만 연극이나 공연은 청와대로 초청하여 직원들과 함께 관람하겠습니다. 물론 유료로 말입니다. 추천해주십시오.

여러분과 함께 산책도 자주 하려고 합니다. 벚꽃 피는 진해나 경주, 제주 유채밭, 여수 밤바다, 평창 메밀밭도 꼭 가서 여러분들과 함께 이야기 나누며 걷도록 하겠습니다.

잡지나 신문을 읽다가 문득 어느 골목길 숨은 맛집이 당기면 슬쩍 다녀도 보겠습니다. 민심이 닿는 곳이라면 어디든 슬며시 다녀오겠습니다.

반드시 가야 하는 해외 출장(순방이나 예방은 가지 않겠습니다)이라면 잠자는 시간을 줄여서라도 미술관이나 박물관에 들러 보겠습니다.

5년 임기 동안 문화와 예술이 제 구실을 하고 걸맞은 대접을 골고루 받는 나라를 만들고 지키는 데 소홀히 하지 않겠습니다.

(…후략…)

1707

문화와 예술이 우리 삶과 함께하는 데 도움이 되겠다는 염원으로 잡지를 시작한 지 꼭 일 년이 된 지난달, <태백> 정기구독 발송 부수 (部數)입니다. 지난해 이맘때 저희의 뜻을 알아주시고 눈여겨보아, 그 뜻이 기특하고 갸륵하다 하시며 많은 분이 정기구독을 신청해주신 덕분입니다. 물론 <태백>의 같은 식구인 강원일보사를 통한 부탁에 마지못해 구독 신청을 해주신 분들도 적지 않음을 잘 알고 있습니다. 이분들께도 죄송하고 감사한 마음, 잊지 않고 있습니다.

가장 한국적인 것이 세계적인 것이라는 검증된 명제처럼 지역에 기반을 두되 충실한 내용을 채워나가면 대한민국 어느 곳에서도 인정받을 것이라는 믿음으로 잡지를 만들어왔습니다. 취재 대상 선정에 상식을 벗어나지 않으려, 기사 작성에 교양에 어긋나지 않으려, 편집에 모호함이나 익명성, 양비론 따위 뒤에 숨지 않으려 늘 긴장하고 애써 왔습니다. 감히 말씀드리건대 어느 모로 보나 본때 있는 잡지를 만들고자 최선을 다했다고 자부합니다.

지난 일 년을 돌아보며, 초심을 잃지 않고 십 년, 백 년을 가야겠다, 마음을 다잡습니다. 저희 힘이 미치지 못하면 외부 필자의 도움을 받아서라도 다달이 볼 만한 잡지를 만들 터이니 부디 내년에는 3,000부를 넘겼다는 기쁜 소식을 전해드릴 수 있도록 도와주십시오.

다행히 사회 전반에 '책'에 때한 담론과 관심도 높아지고 멸종 위기에 처한 줄 알았던 '서점'도 늘어나고 있다는 고마운 소식이 솔찬히 들려옵니다. 소소하지만 저희와 함께하는 달아실출판사가 기획하여 펴낸 시인총서 1집 초판 1,000부가 매진되었다는 낭보도 알려드립니다. 함께 기뻐해주십시오.

오랜 세월이 지나 고전의 반열까지는 아니더라도 이 시대 문화예술의 편린이라도 남겨 한 시대의 의미 있는 기록물로 자리매김할 수 있도록, 초심을 잃지 않고 나아갈 수 있도록, 자주 꾸짖어주시고 가끔은 보듬어 토닥여 주시길 부탁드립니다. 1주년에는 모시지 못했습니다만 2주년에는 꼭 뵙고 인사드리는 자리를 만들겠습니다.

이제부터가 진검승부라고 생각합니다. 감사합니다.

23,000권 대 9,000권

정류장 책방을 시작한 지 일 년 남짓, 그간 기증해주신 책과 빌려가신 책의 숫자입니다. 이 사업을 시작할 때의 우려는 결국 기우였습니다. "되도 않는 사업이 멀쩡한 춘천 시민을 모두 도둑놈으로 몬다"며 트집을 잡는 분(춘천시의회 황찬중 의원)도 있었지만, 더 많은 분들의 격려와 도움으로 여기까지 올 수 있었습니다. 나아가 정류장 책방을 배우기 위해 여러 지역에서 찾아주시니 이 또한 큰 보람입니다.

저희가 펴내는 잡지는 확실한 지향점을 갖고 있습니다. 그러니 달을 보아주시되 가끔은 달을 가리키는 그 손가락(<태백>)도 살펴봐주시기 바랍니다. 굽지는 않았는지, 때가 묻지는 않았는지… 저희가 언감생심 누구를 가르치겠습니까. 다만 가리키는 일만이라도 삿됨 없이 제대로 하는 데 소홀함이 없도록 살피고 또 살피겠습니다.

지난 일 년, 몇 차례에 걸쳐 일본 현지 취재(윤동주 시낭송회, 한자박물관, 세계 열기구대회)를 했고, 국내에 잘 안 알려진 일본 시인을 소개하는 기사도 실었으며 앞으로도 정치 문제와 상관없이 일본 문화와 예술을 소개하는 잡지를 만드는 입장이라 짚고 넘어가야겠습니다. '한국인으로 태어나지 않아 좋았다'는 무토 마사토시 전 주한일본대사. 100% 동감입니다. 부디 다음 생에서도 한국인으로는 태어나지 말아주십시오. 같은 민족이 아니라는 것만으로도 행복한 마음을 갖게 해주어 고맙습니다.

역지사지(易地思之)

'노블리스 오블리제'를 들먹이며 굳이 구차하게 늘어놓지 않아도 잘 아실 얘기임에도 이즈음 '깜냥'이 안 되는 치들이 '완장'질 하는 꼴이 하도 많아 몇 마디 하고자 합니다.

저야 그냥 이웃집 개가 짖나, 못 본 체하면 그만이겠지만 그 탓에 하소연도 못 하고 애꿎게 덩달아 곤란에 처하는 이들이 많아 그냥 넘어가기도 쉽지 않습니다.

갑이 갑 노릇을 하고 을이 을 구실을 하는 세상이, 갑은 을이었을 때를 잊지 않고 때로 돌이켜보고 을 역시 갑이 될 때를 새겨본다면, 그다지 어려운 것도 아닐 텐데 말입니다. 영원한 갑도 없고 을이라고 언제까지나 을이어야 한다는 법도 없지 않나요?

저희는 잡지를 만드느라 좋은 기삿거리를 찾아 취재와 인터뷰를 '청(請)'하고 좋은 원고와 사진을 '탁(託)'하느라 늘 조아리며 살고 있습니다. 지갑을 열어 잡지를 사 보아주시는 구독자 분께는 더더욱 말할 것도 없고요. 그런고로 늘 '을' 노릇만큼이라도 제대로 해보자는 마음가짐을 지켜오고 있습니다.

'갑론을박(甲論乙駁)'할 것도 없이 갑짓거리, 을짓거리 신나게 하는 세상, 만들어보자는 얘기입니다.

책과 책방의 미래

매년 가을 후쿠오카에서 열리는 책 페스티벌을 기획하고 참여하는, 책 관련된 일에 종사하는 이들의 대담집 제목입니다. 출판사, 도매업자, 독립출판사, 서점 주인, 대형서점체인점 직원 등이 '책과 책방의 미래'는 있는가? 현재는 어땠는가? 책과 책방의 미래가 있다면 과연 어떤 모습일까? 등을 이틀간 자유롭게 이야기하는 것을 담은 책입니다.

저는 소설가, 잡지 발행인, 출판인, 그리고 가장 중요한 '독자'로서 간결하게 답을 드리고자 합니다. '책에 미래가 있다' 혹은 '미래가 책에 있다'고 말입니다.

TV가 세상에 나왔을 때 영화관의 종말이라고 호들갑을 떨던 진부한 예를 들지 않아도 전자책의 한계가 뚜렷해진 지금 손글씨, 손편지, 만년필, LP, 필름 카메라 등 조만간 박물관에서나 보게 될 것 같았던 것들이 다시 우리 곁에 한층 더 정겨운 모습으로 돌아오고 있습니다. 과연 이런 현상이 일시적인 추억 팔기에 불과할까요? 저는 그렇게 생각하지 않습니다.

책이든 매체든 사람들이 멀리한다면 그것은 책과 매체가 오롯이 제 역할을 못 하는 데 가장 큰 이유가 있지 않을까요?

작년에 시작된 강릉 독서대전이 9월 8일부터 사흘간 커피축제와 더불어 열립니다. 처음보다 차분하고 알찬 모습을 기대합니다. 앞으로 시

공간적으로 확대를 거듭하여 일 년 내내 대한민국 전체가 '책의 나라'가 되도록 저희도 힘을 보태겠습니다.

강릉에서 뵙기를 고대합니다.

가갸날

조선어학회에서 1926년 음력 9월 29일을 훈민정음 반포일을 바탕으로 처음 기념한 날입니다. 1928년부터는 이름도 한글날로 바꾸고 양력으로 환산하여 10월 9일로 정하였답니다.

북쪽에서는 한글을 '조선글'이라고 하는데 실록에 나오는 기록을 바탕으로 1월 15일을 '훈민정음 창제일'로 정해 놓았지만 공휴일도 아니고 달력에도 표기되어 있지 않아 비교적 조용히 지내기에 대부분의 사람들은 무슨 날인지도 모른다고 합니다.

언뜻 생각에 태어난 날이 아니라 수태한 날을 기준으로 삼는다니 의아하기도 하고 '훈민정음 창제일'이라는 명칭도 뭔가 뒤바뀐 듯하여 고개를 갸웃하게 만듭니다.

어쩔 수 없이 승부가 가려지기 마련인 운동경기나 사상과 이념을 전혀 배제할 수 없는 예술 부문보다는 오히려 우리 민족이 다 함께 쓰고 있으며 온 세상에 자랑으로 여기며 소중히 가꾸어온 '조선글-한글'을 함께 기리는 사업이라면 꽉 막힌 남북관계의 물꼬를 틀기에 한층 수월하지 않을까요?

창제일에는 북에서, 반포일에는 남에서, 혹은 한글을 가르치고 배우는 여느 나라에서든, 남과 북이 함께할 수 있는 것들이 얼마나 많겠습니까?

인사 여쭙습니다, 잠시 다녀오겠습니다

월간 <태백>을 다시 펴내며 이 난을 어지럽힌 지 하마 일 년 육 개월이 되었습니다. 저희가 잡지를 만드는 뜻이 충분히 전달되었는지요….

독자분들이나 필자분들, 편집진들은 어땠는지 모르지만 저는 그동안 무척 행복했습니다. 눈여겨 보아주신 여러분들도 조금은 삶이 풍성해졌을 것이라 믿습니다.

이순(耳順)이 무엇이겠습니까? 뭇사람들이 한 세월 살아온 제 깜냥으로만 모든 것을 재단하여 스스로를 가두기 십상인 나이가 되었으니 오히려 쓴소리 업수이 여기지 말고 단소리 흘려듣지 말아 행동거지와 마음가짐에 소홀함이 없도록 하라는 뜻으로 새기고 있습니다.

눈 크게 뜨고 귀 활짝 열고 두루 살펴 익혀 돌아오겠습니다. 그동안 무탈하시기 바랍니다.

4부 / 벗들의 추모

현식 오빠를 생각하며

김보은

미국 보스톤 정관장 대표

나는 아무래도 내 친구 미소를 빼놓고는 오빠에 대해서 말을 할 수 없겠네요.

주변인

어느 순간부터 미소 주변인으로 간간이 얼굴이 보였어요. 말이 그렇게 많지도 않았고, 술을 그렇게 잘 마시지도 못했어요. 좀 취하면 홀연히 사라지는 사람.

친구가 신경을 유독 많이 쓰더라구요. 현식 오빠와의 시간약속은 꼭 지키려고 하고, 심지어 나를 늦는다고 닦달하기까지 했어요. 조금은 불편했는지도 모르겠어요. 하지만 주변에 늘 사람이 많은 친구였고, 그중 한 명이겠거니, 좀 과하게 마음 쓴다 싶었지만 신경 쓰지 않았어요. 그렇게 스며들었죠.

남가좌동

이사를 가고서 미소는 현식 오빠와 본격적으로 어울려 다녔어요. 나도 마찬가지였죠. "저 오빠네가 춘천 옥광산 아들이래." 나야 옥광산이 얼마나 부자인지는 잘 모르죠. 내 나이에 옥에 대해 아는 사람 있나요?

낮에는 주로 고서점이나 헬스장에 있었다고 했어요. 책을 많이 좋아한다고 하더라구요. 영어, 일본어, 중국어도 할 줄 안다고 했어요. 기억력은 정말 좋더라구요. 내가 지나가는 말로 했던 말도 다 기억하고, 내가 이랬다 저랬다 하는 것도 귀신같이 잡아냈어요. 고대를 다녔다. 운동을 잘한다. 깡패였다. 카지노에서 돈을 따면 롤렉스를 산다더라, 최고 많이 잃었을 때는 얼마라더라 같은 오빠의 무용담이 여기저기 들려왔어요.

퇴근 후 잠깐 들려 밤에만 놀고 갔던 나에게는 그저 음식물 쓰레기를 버리기 귀찮아 냉동실에 넣어놓고, 집에 책이 많고, 기억력은 맨날 나 구박하는 데만 쓰고, 정작 외국어 하는 것은 본 적 없고, 외국어 하는 건 본 적도 없지만 나랑 미소를 데리고 '바다이야기'를 줄기차게 다니던 고래잡이 친구였어요.

결혼

친구와 결혼을 하고 만난 오빠는 진짜로 부자가 되었나봐요. 집도 사고, 다양한 문화사업을 벌이기 시작했죠. 얼마나 잘나가는지 감도 못 잡은 내가 처음 친구를 만나러 춘천에 갈 때, 나름 신경 쓴다고 오빠가 좋아하는 소고기를 춘천 농협에서 한우로 두 팩이나 사 들고 갔던 게 생각나네요. 정말 나로서는 큰맘 먹고 사 간 거예요. 근데 오빠가 인사치레하는 미소 친구라고 칭찬해줬어요. 그리고 오빠는 갓도 안 핀 송이버섯을 박스로 사서 한우집에서 연신 숯불에 고기 반, 송이 반 구워 먹게 해줬어요. 이런 호사가!

그래도 내 눈에는 내 친구한테 매번 만 원씩, 이만 원씩 한게임 머니를 사달라는 철딱서니 없는 현식 오빠였죠.

오빠에게

이렇게 여러 사람에게 다양한 기억으로 모습으로 남는 사람이 또 있을까요? 난 여전히 왜 그렇게 사람들이 오빠를 어려워했는지 잘 몰라요.

내가 선물한 와인 종이케이스를 박물관 1층 카페에 진열해주었던 사려 깊었던 현식 오빠.

내 눈높이의 책들을 소개해주고, 음식 고서를 발견했고 이를 재해석 중이라면서 같이 고서의 음식들을 이야기할 때 가장 생기 있었어요.

내 친구를 자신의 방식으로 아껴주고 사랑했던 그래서 친구 아니면 뭣 하나 맞지 않았을 나를 진심으로 대해주었던 나이 차이 많이 나던 친구.

한때는 사람들이 오빠를 어려워만 하고 잘못 보고 있다고 생각했었어요. 그런데 이제 보니 그게 아니었네요. 자신의 사람이 되면 다 진심이었던가봐요. 이렇게 애도하는 사람들이 많다니요. 또 오빠를 몰랐었네요. 오해했네요.

오빠의 유고집 중 '취중진담'에 내가 오빠에게 하고 싶은 말이 나오네요.

"문득 평행우주 저편에 있는 나에게 안부를 묻습니다. 여기가 그러하니 거기도 이럴 거야. 그렇지?"

오빠도 계속 그럴꺼지? 한결같겠지?

김현식 형을 추모하며

김종수

시인

풍운아

바람으로 살다

구름으로 흐르다

연기처럼 사라진 사람아

남몰래 눈물을 훔치던 외로웠던 사람아

지금은

극락정토 이미 안착해

좋은 벗들 함께 도란도란 한잔 하시겠지요

가시기 직전 종종 그랬던 것처럼 가끔은

미련의 흔적 내려다보며 혼술 한잔 하시겠지요

문득

적적하고 쓸쓸할 때는 'TV를 보면서*'

바람에 실려 갈 다음 생을 '기다리겠*'지요

바람으로 살다

구름으로 흐르다

홀연히

바라떠난 사람아

* 돌아가시기 얼마 전까지 즐겨 부르고 즐겨 듣던 최성수(〈TV를 보면서〉)와
  김현식(〈기다리겠소〉)의 노래.

비련

오래전의 이별, 그날 이후
아무리 두드려도 열리지 않던 내 가슴속
첫사랑 같은 연분홍 문이 열렸습니다
지난 사랑이 그랬던 것처럼
가슴 아프고 말 거란 예단豫斷은 하지 않기로 합니다

그러나 어느 날
내 가슴속 눈보라 치고 비바람 불어
작은 설렘마저 지워지는 날
나 어쩌면
다시 가슴을 닫아 영원히 잠글지도 모릅니다
덧없는 사랑 또 하나의 비가悲歌를 부르겠지요

편지를 씁니다
나 지금 그대에게
슬픈 시詩 같은 편지를 쓰는 건
그대 가슴속 감추어둔 어둠에
작은 등불 하나 밝히고자 함입니다
그 등불로
나의 고독 그대와 함께 빛나고자 함입니다

옥(玉)의 氣運으로

― 故 김현식 형님을 기리며

김춘배

화가

춘천의 옥광산을 운영하는 대일광업… 건강과 부를 상당히 갖춘 이 지역 사업체는 평소 내게 호기심의 대상이었다. 나중 춘천 문화예술에 깊이 들어와 옥을 캐내는 큰손이 된 것은 또한 경이로움이었다.

문학적으로 일천한 내가 몸담던 A4 시동인이 박제영 시인의 회장 체제로 들어가면서 캠프를 두어 번인가 가진 곳이 구봉산의 어느 별장 같은 곳이었는데 바로 옥광산 사장의 별장이라는 것이었다. 고양이 피규어들이 가득 들어차 있는 참 특이한 공간이었다, 박제영 회장이 당시 월간『태백』편집장을 맡고 있었는데 그는 내게 고교동창이었던 조각가 故 박희선에 관한 글을 청탁하기도 했었다. 그 월간『태백』은 오래전 강원일보에서 발행해오다 정간되었는데 대일광업이 맡아서 다시 속간하게 된 것이다. 그 발행인이 바로 김현식 형이었는데, 얼마 뒤 발행인 글을 싣는다고 형의 사진을 보내며 캐리캐처를 의뢰해왔고 사진으로나마 그 웃음 가득한 김현식 형의 얼굴을 대할 수 있었다. 그래도 한동안 내게는 베일에 싸인 인물이었다. 그러다가 소장 작품을 전시하여 판매금으로 자선사업을 하려는 행사가 있었다. 그때서야 김현식 형을 실물로 만나 인사도 했다. 선배 정용언 회장님이 내 10번째 개인전 때 구매한 작품을 그때 내놓았는데 그 작품을 김현식 형이 구매한 것이다. 그때 나의 고등학교 선배인 것을 알게 되었지만 한동안 서먹한 감정으로 여러 자리에서 간혹 인사 나누는 정도에 그쳤었다. 나중에

온의동에 데미안 서점도 하고 여러 사업을 하기도 한 형이 풍물시장에 '취매역'이라는 주점도 열었다. 그 오프닝 때 형님의 캐리캐처 그림을 액자에 넣어 선물로 건넸다.

그즈음 달아실출판사도 설립해 형의 대학 후배인 박제영이 본격적으로 맡아 지금까지 수많은 시집과 소설 등 문학책들을 발행해온 것이 주지의 사실이다. 이런저런 모임 자리에서 만날 때마다 서먹함이 점점 친근감으로 발전하면서 내 발이다시피 한 스쿠터에 대한 관심과 걱정도 해주곤 했었다. 언제부턴가 화실에서 가까운 곳 나도 매일 가다시피 하는 화양연화 카페에 자주 오면서 참 여러 가지 재미있는 일화를 만들어냈다. 미션이 날아가 상당한 비용이 들게 된 스쿠터 때문에 십시일반 모은 금일봉을 건네면서 파티도 열어주었다. 이래저래 내겐 참 은근 고마운 형님이 아닐 수 없다.

사업가이면서 문학인이기도 한 형의 페이스북에는 엄청난 독서량과 특유의 박식하고 풍성한 감성으로 펼치는 참 다양하고 다채로운 정보와 이야기들이 넘쳐나고 있었다. 형의 모든 것이 큰 탑이 되어 한창 그 위용을 갖춰가기도 전에 그렇게 가 버리다니 참 아깝기 그지없다. 제대로 된 작품으로 전시회에도 모시려 했었는데 애석하고 송구하기만 하다.

생각해보면 춘천 예술에 잠깐이나마 르네상스를 만들어보려 하면서도 스스로를 드러내려 하지 아니한 길고 강한 그림자, 은자(隱者)의 거인이었는지 모른다. 그가 캐어낸 것은 옥(玉)이라는 몸에 좋은 기운을 주는 광물뿐 아니라 그 옥에서처럼 발산되는 건강하고 귀중한 기운으로 춘천의 문화는 오래도록 빛을 머금고 살아나게 될 것이며 지역의 수많은 예술인들에게 큰 자원이 되어줄 고마움으로 기억될 것으로 믿는다.

세상의 모든 편지는 회신 불가

박정대

시인

"세상의 모든 편지는 회신 불가이다"
— 장드파

"누군가에 대해 말한다는 것은, 대상에 대한 감정 즉, 대상에 대한 영혼의
동요를 표현하는 것이다"
— 오랑캐 이 강 - 박정대

"저는 지난 40년간 하루에 영화 한 편씩을 봤어요, 어떻게 보면 단
순해요, 비평이라는 게 진부한 면이 있잖아요, 영화를 보고 그 영화에
관해 쓰는 거죠, 근데 뭘 쓸지는 전혀 몰라요, 일단 영화가 시작되면 거
기(영화관)가 어딘지 몰라요, 영화에 사로잡혀서 관객은 존재하지 않
죠, 영화를 보는 내내 나도 존재하지 않아요, 저는 영화를 볼 때 열심히
적어요, 적는 건 괜찮은데 나중에 읽는 게 문제죠, 어두운 상태에서 쓰
잖아요, 영화가 끝나면 사람들과 말을 섞는 건 무조건 피하고 싶어요,
극장에서 뛰쳐나와 코트를 머리까지 쓰고 가요, 동료 비평가들과 말을
안 섞으려고 말이죠, (영화를 보면서 느낀 나만의) 그 경험을 간직하고
싶어요, 그래서 (다른) 생각은 하기 싫어요, 그(방금 본 영화의) 매력이
저에게 통하면 좋겠어요, 하루에 커피 석 잔을 마시면 수명이 10년 연
장된다고들 하는데요, 제가 마시는 커피 양을 보면 전 이미 불멸에 가

까울 거예요, 커피를 안 마시면 아무것도 못 해요, 부정적인 평론을 안 써도 되는 상황이면 좋겠어요, 전 작품 하나에 많은 사람들이 참여했다는 걸 늘 염두에 두고 있어요, 영화를 만드는 데 2년이 걸리고, 보는 데는 2시간이 걸려요, 깨부수는 데는 2분이 걸리죠, 아니, 트위터에서는 2초예요, 그래서 저는 무조건 예의를 갖추려고 해요"
　　— <뉴요커, 100년의 역사>, 리처드 브로디의 말 변용

왜 갑자기 영화 평론가 리처드 브로디의 말을 변형하여 인용했을까? "그래서 저는 무조건 예의를 갖추려고 해요"라는 그의 말이 불현듯 가슴에 와 박혔나보다, 그러나 고인에 대한 '예의' 같은 건 모르겠다, 눈 펑펑 내리는 날 다시 만나 조촐하게 한잔하자던 형의 말이 계속 귓가를 맴돌 뿐이다, 허공을 떠도는 말들은 쏟아지는 눈발이 되어 또 어느 불 밝은 저녁, 내가 앉아 있는 지상의 테이블 텅 빈 맞은편 자리로 내려와 앉으리니, 형과 나는 여전히 바람부는 창밖의 세상을 바라보며 한잔하고 있으리라

안녕, 잠시 안녕
　— 제망형가

살면서 뒤늦게 형을 알았지만
돼지고기 숭덩숭덩 썰어 넣은 김치찌개처럼
형은 참 맛깔나는 순정한 깡패더라
상대방을 위해 김치찌개 맛있게 끓여 놓고
막상 자신은 술만 마시는 사람처럼
알고 보면 형은 참 외롭고도 아름다운 깡패더라

깡패는 원래 강패 아니던가?

평생을 삶과 맞짱 뜨던 형은 진정한 강패였구나
춘천에서 태어나 춘천에서 죽었으니
이제 새들은 춘천으로 와서 죽으리

요선동이며
춘천의 후미진 골목들을 싸돌아 다닐 때
우리는 생의 한가운데를 통과하고 있었나니
조만간 만나 술 한잔하자던 약속
잊지 않으리

삶은 죽음으로 끝나는 게 아니라
죽음이 죽음을 죽이는
또 다른 삶의 시작을
우리는 아나니

비 내리고 눈 내리는 어느 날 오후
요선동 술집 허름한 처마 끝에서
누군가 담배 한 대 피워 물고

눈, 물방울이 다 떨어질 때까지
눈, 물이 다 마를 때까지
형을 기다리고 있으리니

형!

안녕, 잠시 안녕!

* 4월 21일 프란치스코 교황이 선종했다, 소설 쓰는 김현식 형이 별세했다, 두 영혼의 명복을 빈다 (2025년 4월 21일, 오랑캐 이 강)

** 김현식 형의 유고집을 묶는다고 하여, 1년 전 형의 타계 소식을 듣고 충격과 슬픔에 빠져 적었던 글에 몇 자 보태었다, 현식 형, 안녕, 잠시 안녕!

안녕, 잠시 안녕!

형이 없는 춘천은 너무 아파서

신정환

부모님이 연애할 때 시절보다 그보다 더 올드한 이야기와 신기한 옛 물건들을 원 없이 보여줬던 형. 나에겐 만물박사로서 춘천에서 제일 유명했던 현식 형.

25년 동안 형의 가족을 비롯해 지인들에게 신정환을 만나게 된 일화를 거의 토씨 하나 안 틀리고 똑같이 이야기했던 형.

내가 춘천에 그토록 자주 가야만 했던 사연을 만들어줬던 형.

독특하고 재미있고 재능이 많고 하고 싶은 걸 다했던 형.

형은 심심할 때면 나를 불렀지만, 나도 심심하고 고민이 있으면 형을 찾았다. 형 때문에 알게 된 춘천은 내 인생에서 잊을 수 없는 시간이기도 했다. 형을 따라 경매장을 다니며 좋은 물건을 고르고 낙찰받으면 어떤 기분일까, 돈이 얼마나 많으면 이렇게 원하는 걸 다 모을 수 있을까, 라는 내 호기심을 풀어줬던 시절이었다.

잘나가는 든든한 형으로 내 곁을 지켜주다가 어느 날 훌쩍 사라져서는 몇 년을 연락이 두절되기도 했지만, 어제 헤어졌던 것처럼 다시 만나서는 그사이 호된 경험담과 금수저의 고생담을 들려주곤 했다. 그럴 때면 어쨌든 살아있었구나, 안도하곤 했는데 형과의 그런 만남들이 지금 이 순간, 더욱 진하게 떠오른다.

형은 술을 사랑했는데 그중에서도 진정한 맥주 환자였고, 장난감 대부였으며 술집에서는 종종 보스 역할극을 시연하기도 했다. 가끔은 집에 먼저 도망가고 싶을 정도로 술자리 분위기를 매섭게 압도했던 기억도 새삼스럽다. 나를 자랑스러워하며 주변 지인들에게 소개해주고 싶어 했던 그 시절, 어느 누구도 형의 말꼬리를 잡을 엄두도 못 내는 상황에서 그래도 나에게만큼은 형의 말꼬리 잡을 수 있도록 허용해주었지만 그래도 형의 눈치를 봐야 했던 그 시절의 기억들.

형이 했던 수많은 말들을 떠올려보지만, 앞선 지인 분들의 섬세한 표현들과 추억이 있기에 형의 대사 따옴표보다는 25년간의 큼지막한 추억들을 책 제목처럼 적어본다.

'컨츄리꼬꼬' 때의 만남이 인연이 되어 춘천옥 생수 첫 모델이 되었던 일

네팔에서의 동행

월드컵 응원 맥주파티

춘천FC 창단식 행사

연예인 테니스팀과의 7080 뒤풀이

내 동생 핸드폰을 던진 사건(?)

베트남 여행

일본 밤거리에서 약속 없이 술에 취해 만난 일

그리고 형과의 마지막 통화

등등

나에게는 춘천하면 언제나 김현식이었다. 하지만 이제는 준비할 시간 없이 먼저 가버린 옛날 사람 현식 형 때문에 춘천을 못 갈 것 같다. 춘천 가는 길 초입부터 현식 형과의 추억 영화가 시작되어 너무 슬픈 까닭이다.

마지막으로 형에게 인사하러 갔던 춘천 가는 길은 너무 힘들고 아

팠다. 춘천 가는 길은 나에게 슬프고 아픈 길이다. 춘천 갈 일이 또 있을까. 현식이 형이 없는 그곳을.

살아 있을 때도 만나기 힘들었던 형님을 이제는 진짜 만날 수 없다는 게 아직도 믿겨지지 않는 밤이다.

푸르른 시절

— 현식 형에게

심종록

시인

1.

외딴 골목
조금은 쓸쓸하고 외로운
사람
구족계 받기 위해 수행 중 육탈해버린 사미승처럼
자진도 불사하는 사랑을 해버린 파계승처럼
요지부동이더니

비바람 요란하다 말짱하게 그친 봄날 아침
기적이나 은총
뭐 이런 신령의 화신이라도 된다는 듯
불붙은 떨기나무라도 된다는 듯
세상 모든 슬픔을 압도하는 표정으로
항마촉지인 자세로
들어 보이는 꽃

하다못해 곧추세운 가운뎃손가락에서까지 엉글거리는

저 발칙한 개화開花

나는 참 기분이 좋아져서
휘파람 획획

하늘과 땅 사이
의, 협곡까지 달뜨게 하던 꽃비
멈추면
그치면

푸른 시절

2.

불타는 속내 고백하듯 마이크 움켜쥐고 '봄날은 간다'고 노래하던
형의 봄은, 발기도 전이었는데 닫힌 문 앞에서, 쾅쾅 닫힌 문 앞에서, 정
말로 떠나고 있었습니다. 그 광경이 하도 서러워서 봄을 꿈꾸느라 눈부
신 꽃을 매달고 섰던 목련 나무는 후두둑, 후두둑, 기묘한 표정으로 꽃
을 떨구고 있었습니다.

그렇게 형을 보내고 난 후, 애절하게도 나는 카프리 병뚜껑을 따다
가 멍하니 창밖을 바라봅니다. 형이 살아서 좋아했던 카프리, 채워지지
않는 삶의 갈증을 수시로 달래주었을 카프리가 내 손에 있는데 떠난
형은 말이 없고, 목련꽃 진 자리 울컥울컥 토악질하듯 푸르름만 무성
해집니다. 목숨이 죽음을 억누르면 악착스럽고 죽음이 목숨을 억누르

면 상처뿐이라지요.

푸른 그늘 성성한 목련 나무 아래 섰습니다. 꽃 지고 없는 바로 그 자리에서 새롭게 빛나는 저것!

삶과 죽음이 한통속이로군요.

어떤 상실의 시간을 기억하는 방식

유기택

시인

모든, 과거로 흘러간 시간은 되돌아오지 않을 것이며, 미래의 시간은 아직 도래하지 않은 추측에 불과하다. 살아가면서 일상처럼 겪게 되는 그런 불가항력적 경험의 학습에서 온 무력감이, 우리를 현재에 맹렬히 집착하게 하고 안도하게 하는, 존재의 유의미한 행동 양식이 되게 하였다. 그리고 흘려보낸 것들에는, 모든 상실에 관한 기록이 개인사적 기억의 형태로 남아 있게 된다. 저마다의 물결이 만들어 낸 물결무늬 퇴적층을 이루고 있으며, 누군가의 죽음에 대한 기억도 화석의 형상으로 그곳에 조용히 눌려있다. 다만, 다른 시간 층에서 날마다 새로 유입되는 퇴적물로 깊어지고 있을 것이다. 그것은 하나의 선언이었으며, 잠잠해지고 있을 뿐이었다. 그러나 그건 우리가 모두 쉽게 용납할 수 있는 이별 방식은 아니다. 누군가가 그 그리움을 이야기하기 시작하고, 잠잠해지고 있던 것들에선 결국 지나간 상실의 상처가 덧나고 만다. 그건 그리움을 탕감하여 살고 싶은, 살아남은 자들의 부채감일 것이다. 더 큰 통증을 깨워, 그보다 작은 통증을 삼키게 하여 무화시키려는 노력과 같을 것이다. 아니면 그 모든 것에 대하여 화를 내고 있거나. 그것이 늘, 이별에 서툴기만 한 우리가, 그리움을 대하는 방식이다.

김현식 형의 1주기가 가까워지고 있는 모양이다.

지나간 일 년 사이, 가끔 형의 생각이 떠올랐지만, 애써 지우려고 하거나, 그 그리움에 매달려 가슴앓이하거나 하지는 않았던 것 같다. 형의 생각이 떠오를 때마다, 그저 잔잔히 흐르며 쌓여가는 시간의 퇴적물을 물끄러미 응시하는 것으로, 그리 길지는 않았던 형과 함께한 시간을 낯설게 하고 있었다.

내가 이별하는 방식이다.

나에 대한 기억도 이제 어디서는, 누군가의 기억 속에서, 그 나름의 방식으로 설화가 되어가고 있을 것이다. 그들도 자신이 모르는 사이, 나와 작별하고 있는 거다.

'낯섦'에서 시작하여 '낯섦'으로 돌아가는 것. 그러는 것이, 우리 이별의 순리일지도 모르겠다.

형은 참 멀리 갔다.

형에게 늦은 안부를 전하며, 여기서 먼 거기서도, 여기서 좋았던 시절처럼 평안하시기를 빈다.

형! 거기서도 잘 지내고 계신 거 맞지요?

짜장면 한 그릇 사주고 싶다
—김현식 형에게

전윤호

시인

"짜장면을 얻어먹고, 한우를 사줘라."
삶의 법전 한 줄이었음을
뒤늦게 알았다

"맹상군이 식객 삼천을 두었으니 식객 삼백은 거둬야지."
나도 그중 하나였다
그는 사람에게 투자했는데
사람은 가끔 그를 배신했다

옥광산 바위보다 무거운 그의 서재엔
책 먼지가 내려앉아 있었다
춘천에서 그를 모르면 간첩이라지만
사람들은 그의 그늘만 기억했고
1982년 『소설문학』으로 등단한 소설가라는 사실은
무시했다

그는 B급을 사랑했지만
싸구려가 아니라

숨은 진짜를 모았다
낡은 만화책과 엘피판,
책장을 메운 인문서들

통증을 못 느낀다더니
먼저 간 아들 영주가
보이지 않는 갈비뼈 하나가
늘 금이 가 있었다

4월 21일,
약속을 남긴 채 먼저 갔다
그날 이후 춘천은
조금 더 조용해졌고
조금 더 시시해졌다

지금은 어느 서점에서 또 책을 읽고 있을지
내가 찾아가면
누군가의 인생에
몰래 밑줄을 긋고 있을지

그의 손을 잡고 중국집에 가
짜장면 한 그릇 사주고 싶다
소고기는 실컷 얻어먹었으니

그곳에서는 소설가로 사시길

정현우

시인, 화가

현식이 형,

　형에게 빌린 책 『백만 광년의 고독 속에서 한 줄의 시를 읽다』라는 하이쿠 모음집은 아직 반도 못 읽었어요. '류시화의 하이쿠 읽기'라는 부제가 붙은 이 벽돌 책을 이젠 돌려줄 수 없다 생각하니 생이라는 게 참으로 허술하네요.

　솔직히 전 형을 개인적으론 안 좋아했어요. 형도 알고 있었을 거예요. 왜 안 좋아했는지도……. 형이 부자가 아니었다면 어땠을까 하는 생각도 했었어요. 몇 번인가 '내가 돈이 없지 가오가 없냐'는 식으로 대들기도 했었지요. 하지만 관계라는 게 상대적이면서도 얽히고설키는 거라 형과 꽤 많이 어울렸네요. 언젠가 요선동 술집에서 여럿이 술을 마신 적이 있었어요. 담배를 피우러 밖에 나왔는데, 잠시 후 형도 나왔어요. 나처럼 담배를 피우러 나온 줄 알았는데 나를 지나쳐 어디론가 휘청거리며 가더군요. 순간적으로 형의 뒷모습이 짠해 쫓아갔어요. 인성병원 앞에서 택시를 태워 보내고 술자리로 돌아오며 처음으로 형이 누구보다 외로운 사람이 아닐까 생각했어요.

　언젠가 한번 형에게 물었지요. 결핍이 있어야 문학을 하는 거 아니냐고, 형은 돈 쓰기 바빠서 글 쓸 시간이 없는 거 아니냐고……. 그때 형은 가슴 아픈 어떤 과거를 남 얘기하듯 얘기했었어요. 지금 생각해보니 우스워요. 그럼 결핍 많은 너는 열심히 썼냐? 라고 형이 반문했다면 할 말이 없었을 거예요.

형이 누구보다 책과 예술을 사랑했던 사람이라는 거, 어떤 부자보다 책과 예술을 위해 돈을 썼다는 거, 아무도 부정하지 않아요. 형이 차렸던 '데미안' 서점은 서점 이상의 것이었어요. 결국 문을 닫았지만 제겐 아직 신기루처럼 남아 있어요. 그래도 형의 혼이 깃든 '달아실출판사'는 박제영 편집장이 열정적으로 잘 끌고 가고 있어요. 머지않아 굴지의 인문학 출판사로 자리매김하리라 믿어요.

형이 가신 별이 어떤 별인진 모르지만 그곳에선 풍운아보다 소설가로 사시길 빌어요. 형 생각하며 형에게 빌린 책을 무심코 펼쳤어요. 신기하게도 형이 좋아하는 바쇼가 있는 페이지네요.

그럼 안녕,
눈 구경하러
넘어지는 곳까지

타산지석과 반면교사의 스승 김현식 형

최대식

석사동 음악카페 화양연화 대표, DJ 최인

깡패 오야붕, 무술인, 소설가, 노영무(No-O-無) 시인, 문화 콜렉터, 싸이코 등 그를 가리키는 호불호의 여러 수식어가 많았을 만큼 평범하지 않았던 김현식 형은 '별종'이란 단어로 귀결됩니다. 그런 현식이 형에게 제가 붙여준 닉네임은 '암호명, 공작원 김 양'이었습니다.

현식 형은 쉽게 다가가기 어려운 까칠함의 아우라와 무례함의 경계에서 한번 마음을 열고 믿음을 갖게 되면 상대가 부담을 느낄 정도로 물심양면으로 잘해주고 정을 주는 여린 사내였습니다. 분명 제겐 그랬으니까요. 형의 생전 모습을 마지막으로 본 사람이 바로 저입니다. 마지막까지 형의 일상과 일탈을 고발하고 디스한 사람도 저였습니다. 그런 저를 어여삐 봐준 형에게 대체 저는 어떤 사람으로 각인 되었을까 궁금해지기도 합니다.

옛날식 음악다방인 화양연화에 오면 자주 청해 듣던 신청곡을 떠올리며 현식 형을 소환합니다. 페기 리의 <Johnny Guitar>, 임지훈의 <꿈이어도 사랑할래요> 그리고 생의 끝자락엔 적우의 <기다리겠소>를 반복해서 적어냈습니다.

현식 형이 생각날 때면 슬머시 꺼내어 혼자 듣곤 합니다. 불러도 대답 없는 현식 형, 생전 형과의 많은 일화 중에 SNS("DJ 최인의 음악과 인생")

에 공개 포스팅했던 에피소드를 소개하는 것으로 형을 추억해봅니다.

많은 분들이 궁금해하십니다. "공작원 김 양, 도대체 어떤 인물이야?"

일단 평판이 좋지 않습니다. 무례하기로 소문났다는 사실을 본인도 압니다. 김 양을 한 번도 만나보지 못한 사람들도 김 양에 관해 훤히 꿰뚫고 있습니다. 그 정도면 알만하지요! 어머니 재산 물려받아 돈을 물 쓰듯이 쓰는 사람, 여자관계 복잡한 바람둥이, 때론 남자와도 관계한다는 소문의 주인공, 카지노를 들락거리다가 수백억 날린 도박꾼, 본인 눈에 거슬리는 꼴은 죽어도 못 보고 지적질하는 깡패, 가끔 웃장까서 문신 보여주며 깡패라는 사실을 각인시키는 남자, 식당이나 술집에 가면 주방 이모부터 찾아 봉사료를 건네는 사람, 택시를 타면 거스름돈을 택시기사의 커피값으로 건네고 내리는 사람, 몇 군데의 고등학교를 옮겨 다녔던 사고뭉치, 명문대를 나왔다는데 아무도 그를 캠퍼스에서 본 사람이 없다는 썰이 도는 사람, 그런데 선후배 관계가 확실한 남자, 정치외교학을 전공했다는데 정치를 혐오하는 사람, 70년대 연예계 비하인드 스토리를 훤히 꿰고 있는 사람, 특히 여자 연예인에 밝은 남자, 70년대의 DJ들도 모르는 DJ 출신의 소설가, 하루라도 책을 읽지 않으면 몸살을 앓는 지독한 독서광, 데미안 책방을 말아먹고도 아직도 미련을 못 버리는 사람, 문화예술과 문학의 가치를 아는 사람, 문화예술과 이데올로기를 구분할 줄 아는 사람, 특수부대 출신도 벌벌 떨게 만들었다는 부사관 조교 출신, 역사 속 삼청교육대를 구경 다녀왔다는 사람, 암호명 김 양으로 신분 위조한 공작원, 검도를 필두로 모든 무술과 체육 과목을 우수한 성적으로 수료했다고 주장하는 사람, 예체능에 뛰어나게 밝은 사람, 디테일이 강한 사람, 기억 천재, 누구에겐가 한번 꽂히면 간 쓸개 다 빼주는 사람, 간 쓸개 다 빼주고도 뺨 맞고 다니는 사람, 자신의 이미지 관리엔 전혀 관심 없는 사람, 짐이 된 사랑에 몹시 괴로워 몸부림치는 순정남, 사랑의 종말에 피를 토하며 <꿈이어도 사랑할래요>를 목 터지게 부르는 남자, 겉만 까칠하고 속정이 많은 사람, 사람도 술도 한 놈만 패서 여럿 보내버린 사람, 결국 무례한 사람, 아직도 진행 중인 사람, 그래서 나쁜 남자, 이것이 '공작원 김 양'의 실체입니다.

그런데 말입니다. 사람의 속, 사람 됨됨이, 속을 드러내고 진심을 알기 전까지, 나와 다른 환경에서 다른 가치관으로 살아온 누군가를 단지 겉으로 드러난 모습과 행동만으로 재단하고 평가하는 건 옳지 않습니다. 당신에게 아쉬운 소리를 하거나 구걸을 한 적도 없다면 말입니다. 공작원 김 양, 제가 알고 느낀 만큼은 그런 사람입니다

쓸쓸이라는 나무 한 그루

최삼경

소설가

꽃 피는 일보다
꽃 지는 일이라고
산산이 날리는 꽃잎이라니
곡우 지나 부는 바람
낙하하는 물고기 비늘들
먼바다 돌아, 세상을 떠돌다가
도대체 정박할 곳을 잃은 배들처럼
심장이 멈춰버린 꽃잎,
허리 꺾인 꽃잎,
훌훌 자진방아로 돌아드는 꽃잎들
덧없다고 덧없다고
말라고 말라고
자꾸 허방다리를 짚는 발걸음들
꽃 피는 일보다 차라리 꽃 지는 장엄
분분히 빛나는 이야기들 기억하라고
쓸쓸을 꽃 피우는 나무 한 그루
어깨에 얹히는 비늘 몇 점

미소가 아름다운 소년

최선중

영화제작자

내가 기억하는 현식이 형은 항상 웃고 있었다.

형이 쓴 책(『북에서 왔시다』)을 영화로 만들면 좋겠다는 생각에 형을 처음 만난 날, 형은 아무 조건 없이 나를 미소로 맞이해 주셨다.

안성기 선배님하고 <종이꽃>이라는 영화를 제작하고, VIP 시사회 때 오셨을 때도 형은 미소 짓고 계셨다.
정작 자신의 영화는 제작하지 못하고 있는 나를 질책하는 것이 아니라 오히려 위로하며….

내가 <아마존 활명수>라는 영화를 제작하고 흥행에 성공하지 못했을 때도, 춘천으로 나를 불러내 점심을 사주시면서 형은 내게
괜찮다며,
힘내라며,
여전한 미소로 나에게 힘을 주셨다.
정작 본인은 엄청 힘든 시기를 보내고 있으면서도….

며칠 전, 안성기 선배님을 차가운 땅에 묻고 돌아오는 길에 하염없는 눈물이 내 가슴을 적셨다. 45년 동안의 인연이었지만 한마디 말을 건

네지 못한 이유였다.
그동안 고마웠다고….
그동안 감사했다고….

똑같은 마음으로 늦게나마 현식이 형에게 전하고 싶다.
정말 고마웠다고….
정말 감사했다고….

미소가 아름다운 소년이었던 형.
내 마음속에 항상 살아있는 형의 미소를 생각하며, 다시금 삶의 위안과 용기를 내보려 합니다.

항상 감사했습니다.
그리고 사랑했습니다.

워킹 딕셔너리, 날다

하창수

소설가

아는 건 쓸모 있는 일이다. 그 자체로 힘이고, 지혜로 가는 길이다. 그런데 너무 많이 알면 상황이 다르다. 득만큼 실도 많다. 힘이 너무 센 것과 비슷하다. 그에게 보내지는 경외와 찬탄의 뒤편에 질투가 번득이고, 강호의 숨은 고수는 호시탐탐 그의 명줄을 노린다. 그걸 모르지 않으니 그는 또 경계를 늦추지 않는다. 머리가 아프다. 아프지만 아픈 시늉을 하면 안 된다. 시늉은 곧 빈틈이다. 내실을 다지기 위해 다시 또 앎을 쌓는 수밖에 없다. 적당함은 없다. 스트레스는 앎의 누적에 비례한다. 철저하고, 처절하다.

현식 형은 아는 게 많은 사람이었다. '걸어 다니는 사전(walking dictionary)'은 그런 사람을 형용하는 기발한 별명이다. 어릴 때부터 내게 늘 붙어 있던 별명도 그것이었다. 형을 만나고 반납했다. 반납의 사연을 다 얘기하기엔 지면이 부족하니 일부만 옮기자. '철인반점'에서 짜장면을 먹으며 형을 처음 만난 날이었다. 나를 보자마자 형이 대뜸 물었다. "그대가 워킹 딕셔너리라고?" 돼지는 돼지를, 대사는 대사를 알아보는 법. 통성명이 끝나자 당장 일합이 벌어졌다. 호텔 주방장 출신 셰프가 만든 맛있는 짜장면을 반도 못 먹었는데 속절없이 식어갔다.

형 : 일본 애들은 안견을 좋아하나봐. 양송당 그림도 갖고 간 걸 보면?

나 : (전두엽에 피가 몰리는 티를 감추며) 한림제설도, 말이죠?

형 : (형의 전두엽에도 슬슬 피가 몰리는 게 느껴졌다) 봤어?

나 : 몽유도원도는 예전에 호암아트홀 특별전 때 봤는데, 한림제설도는 그냥 도록에서만요. 장편 쓸 때 참고했던.

형 : 아, 그랬구나. (나는 봤지, 하는 티를 애써 감추려 하지 않으며) 몽유도원도 봤으면 됐지 뭐. 한림제설도는 그거 한 귀퉁이밖에 안 되니까.

양송당(養松堂)은 조선 중기의 화가 김제(金禔)를, <한림제설도(寒林霽雪圖)>는 안견의 <몽유도원도(夢遊桃園圖)>와 함께 일본이 강탈해간 김제의 그림을 가리킨다. <한림제설도>에 안견 화풍의 잔영이 보인다는 것, 그래서 '일본 애'들이 가져간 거 아닐까, 하는 게 애기의 핵심이었다. 그와의 대화엔 이런 지식적 배경이 깔려 있다. 결국 그날 나는 짜장면을 다 먹지 못했다. 그는 마치 짜장면을 못 먹게 하려고 작정한 것 같았다. 형은 나를 중국집 지하로 데려갔다. 아는 사람은 다 아는, 온갖 진기한 '물건'들로 가득했던 거기. 나는 거기서 워킹 딕셔너리로서의 그의 진면이 호학수집벽(好學蒐集癖)과 함께 형성됐다는 사실을 직감했다. 그리고 나는, 오랫동안 붙어 다닌, 진저리나도록 무거웠던 별명을 떼어냈다.

일본에서 가장 난해한 작품을 쓰는 소설가로 알려진 마루야마 겐지는 산문집 『소설가의 각오』에서 "작가란 모름지기 백과사전적 지식을 갖추어야 한다"고 설파했다. 자질구레한 이야기[小說]를 쓰는 데 무슨 백과사전까지……라고 생각한다면, 소년 시절 부친으로부터 브리태니커 백과사전을 생일선물로 받은 보르헤스가 그걸 독파한 뒤 '새로운 백과사전'을 쓰기 위해 문학의 길로 들어섰다는 일화는 얼마나 공허한

가. 소설가가 드문 춘천에, 그나마 만날 때마다 '일합'을 겨룬 소설가로 현식 형이 거의 유일했다. 홀연히 떠나버린 그의 빈자리가 유별나다. 지식의 일진광풍을 일으키던 두툼한 '사전'까지 챙겨 가버린 탓이다. 문득문득, 전화를 걸어와 "자기수련이야말로 아름다움을 풀어내는 열쇠다."라고 툭 뱉고는, 금방 응답이 나오지 않으면 "내가 준 랜디 브라운의 『게이샤』 안 봤어?" 하고 쏴붙일 것만 같다.

아, 갔다. 날아갔다. 걸어 다니던, 살뜰하게도 두텁던 사전이.

5부

아내와 딸들의 편지

사랑하는 당신에게

현식 오빠, 아니 오늘은 당신이라고 부를게.

이렇게 글로 당신을 부르는 날이 올 줄은 몰랐어. 시간은 흘렀다는데, 아직도 당신을 부르면 저만치 어디선가 먼저 걸어가고 있을 것 같아. 당신은 이 세상에서 내가 만난 그 어떤 사람보다 가장 독특하고, 가장 신기한 사람이었어. 기다려지고 늘 궁금해졌던 사람, 어디로 튈지 모르지만 두리번거리면 어김없이 옆에 있는 사람, 감정이 없는 사람이 아니라 감정을 소리 내어 아파하지 못하는 사람이었지.

당신이 나와 재혼했을 때, 영주와 주희 남매를 두고 있었지. 자연이가 태어나고 몇 년 뒤, 큰아들을 먼저 떠나보냈잖아. 그렇게 아픈 일을 겪고도 당신은 크게 흔들리지 않았고, 사람들은 그런 당신을 담담하다고 말했지만, 나는 알아. 당신은 여느 사람들과 달리 통증을 잘 느끼지 못해서, 슬픔조차 제때 몸에 닿지 못했다는 걸. 제대로 우는 방법을 모르는 사람이란 걸.

그 아이를 보내고 우리는 경주에 갔지. 아무 말 없이 우리는 하염없이 벚꽃이 만발한 길을 걸었어. 생수 한 병을 손에 쥐고 발길 닿는 대로. 당신은 걸음이 빨라서 나는 계속 당신의 뒷모습만 보고 걸었던 것 기억해?

그때, 당신 어깨에 내려앉은 벚꽃잎이 너무도 아름다워서 잠시 걸음을 멈추고 숨을 고르곤 했지. 너무 예쁜 것들은 어느 순간 너무 슬퍼지기도 해.

제대로 울지도 못하는 오빠 뒷모습이 너무 가여워서, 아들을 잃고도 울음조차 몸에 닿지 못한 사람이라서, 앞만 보고 걷고 있는 당신의 등이 쓸쓸해 보여서, 그날 당신의 뒤에서 얼마나 눈물을 흘렸는지 몰라.

내가 당신 대신 아프고 당신 대신 다 울어주고 싶었어. 그날의 울음은 당신을 위한 것이었지만 나 자신을 위한 것이기도 했어. 당신은 끝내 뒤돌아보지 않았지만, 괜찮아. 그날 우리는 각자의 방식으로 같은 슬픔을 걷고 있었으니까.

그날 이후의 시간을 우리가 함께 견딜 수 있었던 건, 스무 살 차이 나는 우리가 20년이 넘게 함께 살 수 있었던 건, 아마 그런 방식 덕분이었겠지.

설명하지 않고, 다그치지 않고, 서로의 아픔을 대신 정리하려 들지 않던 방식.

돌이켜보면 우리는 참 많은 얘기를 나눴어. 뭐가 그리 재밌는지 둘이 앉아 있으면 싱글벙글 만담이 끊이질 않았지. 매년 큰 사건이 벌어지긴

했지만, 그보다 아무 일 없던 일상들을 우리는 더 많이 함께했어. 말없이 같은 공간에 있던 저녁들, 함께 산책하며 춘천 시내 골목골목을 누비던 일, 각자 좋아하는 책을 읽으며 글을 쓰던 시간들….

당신은 손에서 책이 떠나는 날이 없었잖아. 신종플루에 걸렸을 때 열이 40도 넘게 올랐을 때도 책을 손에 들고 응급실에 갈 때는 나 정말 화가 났었어. 무통증이라 통증을 참다가 맹장이 터져 복막염이 되었을 때, 중국 출장에서 넘어져 척추에 금이 갔는데 일을 보러 다니다 나중에야 아프다는 얘기에 한달음에 달려가 당신을 병원에 보냈을 때, 그럴 때마다 내가 얼마나 속상했는지 당신은 모를 거야. 당신은 참 여러 번 나를 놀랬켰더랬는데, 이번엔 그만 내가 미처 달려가지 못했어. 늦어서 미안해.

단둘이 밥 먹는 자리에서조차 책을 읽는 오빠가 야속할 때도 있었는데, 그 조용함이 실은 사랑이었다는 걸 이제야 알겠어.

사랑하는 당신,
딸들은 잘 지내고 있어. 주희는 어엿한 엄마가 되었고, 자연이는 뉴욕의 미대생이 되었지.
자연이 안에는 당신의 말투와 시선과 그 특유의 고집이 생각보다 많이 살아 있어. 자연이를 보다가 "이건 분명 당신인데" 싶은 순간이 있어.
그럴 땐 혼자 웃다가 조용히 멈춰 서곤 해.

· 이 책은 당신이 남긴 글들을 모은 거야. 사람들은 당신의 생각을 읽
겠지만, 나는 그 문장들 사이에서 여전히 저만치 앞서 걷고 있는 당신
을 만나.

당신은 많이 울지 못한 사람이었으니까, 그날의 울음까지 내가 기억
할게. 경주의 봄도, 벚꽃 아래의 뒷모습도.

이별이라는 말은 쓰지 않을게. 당신은 내 삶에서 끝난 사람이 아니
라 형태를 바꿔 여전히 함께 걷는 사람이니까.

사랑하는 당신,
나는 오늘도 조금 느린 걸음으로 당신을 따라가고 있어.
보고 싶어.
많이.

다시 만나는 날엔 무거움은 내려놓고 웃으며 말할게.

"잘 지냈어? 나도 잘 살아냈어."

아빠, 잘 지내고 계신가요.

아직도 아빠의 부재가 믿기지 않습니다.

아빠와 저의 끝이 이렇게 갑작스럽게 다가올 줄은 전혀 상상하지 못했습니다.

긴 서울 생활을 마치고 춘천으로 내려와 아빠 가까이에 살던 시간 동안, 저는 늘 막연한 기대를 품고 있었습니다. 언젠가는 모든 일이 평탄해지고 제자리도 찾겠지. 그날이 오면 아빠와 술 한잔 기울이며 쌓였던 이야기들을 나눌 수 있을 거라고. 그때는 딸로서 서운함을 살짝 드러내며, 조금 더 편해질 수 있지 않을까 생각했습니다. 그날이 꼭 올 거라 믿었지만, 그렇게 확신하지 말았어야 했습니다.

아빠가 떠난 뒤, 저는 허무 속에서 아버지를 미워하기도 하고, 또 그리워하기도 합니다. 이 편지를 쓰기까지 마음이 여러 번 멈췄습니다. 사람들은 1주기라면 그리움이 먼저라고 하지만, 제게 아빠는 늘 어려운 분이었습니다. 나는 딸인데 왜 이렇게 아빠가 어려울까, 그 질문을 오래 붙들고 살았습니다.

우리는 가족으로서 같은 방향을 보지 못했고, 가까운 사이는 아니었습니다. 기다렸지만 끝내 듣지 못한 말들이 있었고, 다 전하지 못한 마음도, 남겨둔 거리도 있었습니다. 이제 이 마음들은 온전히 제 몫이 되었습니다. 정리되지 않은 마음을, 제가 가진 진짜 마음에 더 가까운

말로 남기고 싶었습니다.

아빠,

아빠가 떠난 뒤, 석 달이 지난 뒤 저는 아들을 낳았습니다.

가장 가까운 이의 죽음과 가장 가까운 이의 탄생이 같은 시간 안에 겹쳐 있던 그 시기를 저는 오래 기억하게 될 것 같습니다. 한 사람을 보내고 또 한 사람을 맞이했던 시간, 그때의 저는 슬픔과 기쁨을 또렷이 구분하지 못한 채 그저 하루하루를 지나왔습니다. 지금도 크게 다르지 않습니다.

아들의 이름은 '찬'입니다. 찬이를 보고 있으면 아빠가 이 아이를 한 번이라도 안아보셨으면 얼마나 좋았을까 하는 마음이 자주 듭니다. 그 마음은 생각보다 커서, 가끔은 서운함이 되기도 합니다. 이 아이가 우리 사이의 미움을 조금이라도 녹여주지 않았을까, 조금은 더 가까워질 수 있지 않았을까 하는 생각 때문일까요.

아빠는 분명 이 아이를 무척 자랑스러워했을 겁니다. 페이스북에 사진을 올리고, 무심한 듯 사람들에게 자랑했겠지요. 저는 그 모습을 자주 상상합니다. 만약 찬이가 가진 어떤 예술적 기질이나 호방함이 있다면 저는 주저없이 외할아버지에게 물려받은 것이라 말해주고 싶습니다. 고집스러움이나 까다로움이 있다면 그것 또한 닮은 것이라 생각하

겠습니다. 제가 아빠에게 받고 싶었던 사랑을 제 아이들에게 아낌없이
주고 싶습니다.

아빠 생각에 서러워지는 날에는 아빠와 떠났던 일본여행, 베트남여
행, 필리핀여행… 함께했던 추억들을 떠올립니다. 우리는 굉장히 멀어
보이기도 했지만 많은 추억을 함께 나누었고, 서로에게 소홀했지만 끈
끈했고 상처를 주고받으면서도 누구보다 서로를 자랑스러워했다는 걸
저는 알고 있습니다. 그리고 저는 참 많은 부분에서 누구보다 아빠를
닮아 있습니다.

얼마 전, 누군가가 독서클럽에서 『데미안』을 읽다가 춘천의 '데미안
서점'을 떠올렸고, 그 서점을 만들어준 김현식 대표님께 감사한 마음을
나누었다는 이야기를 전해 들었습니다. 아빠가 오랜 시간 지역사회와
문화예술을 위해 쌓아온 노력은 분명 많은 사람들의 기억 속에 남아
있습니다. 많은 분들이 아빠를 기억하고 존경한다는 것을 알고 있습니
다. 아빠가 이어가려 했던 것들을 저도 언젠가 이어갈 수 있는 사람이
되기를 바랍니다. 그날이 오겠지요.

아빠, 그곳에서는 평안하신가요.
사랑하는 할머니와 영주 오빠와 함께 부디 편히 쉬고 계시길 바랍

니다. 그리고 저와 제 가족을 지켜봐 주세요. 저는 아직 해결해야 할 일들 속에 있습니다. 버겁지만, 잘 견뎌 보겠습니다. 이 모든 것들을 잘 이겨낼 수 있도록 제게 힘을 주세요.

정리되지 않은 마음을 적는 일은 참 어려웠습니다. 시간이 흘러 언젠가 제 마음이 조금 더 단단해지면, 아빠를 덜 어렵게, 조금은 더 편안한 마음으로 떠올릴 수 있기를 바랍니다. 그때는 더 많은 이야기를 나눌 수 있겠지요.

오늘은 여기까지 적겠습니다.
아빠, 잘 지내세요.
보고 싶습니다.
다시 한 번, 아빠와 이야기할 수 있다면 좋겠습니다.

추신. 이 글을 통해 아버지를 기억해 주시는 모든 분들께 감사의 인사를 전합니다. 아버지를 추모해 주시고 기억해 주셔서 진심으로 감사합니다. 직접 찾아뵙고 인사드리지 못해 죄송한 마음이 늘 남아 있습니다. 아버지와의 시간이 각자의 기억 속에서 저마다의 의미로 오래 머물기를 바랍니다. 늘 평안하시고 건강하시길 바랍니다.

아빠의 유고집에 이런 말을 싣기는 뭣하지만, 전 상당히 운이 좋은 사람 같습니다.

사실 아빠에 대해 잘 모르는 것들이 많았습니다. 더 솔직히는 그닥 알려고 하지 않았던 것 같습니다.

20살이 되면서 같이 산 세월보다 떨어져 산 세월이 더 길어졌고, 가족치고는 마냥 가깝지도 그렇다고 멀지도 않았던 사이를 유지했었습니다. 돌이켜보면 제 기억의 총량에서 아빠의 비중이 그리 크지는 않은 것 같습니다.

그렇지만 그 와중에도 유독 선명히 떠오르는 기억들이 있습니다. 그 중 하나가 아빠와의 통화입니다.

몇 년 전 새벽에 아빠에게서 전화 한 통이 왔었습니다. 새벽 세 시쯤에 잔뜩 만취한 상태였어요. 평소에 술에 취해 전화했을 때는 노래를 부르고, 이상한 소리를 내뱉으며 말을 끊임없이 했는데 그날은 유독 조용했습니다.

전화를 걸고 한참 동안 아무 말도 하지 않고 있다가, 그냥 한숨을 쉬면서 조금 힘든 일이 있었다고 하던 목소리가 별거 아닌데도 이상하게 가슴속에 박혔습니다. 조금 부끄럽지만, 그 목소리가 너무 울컥해 사실 전화를 끊고 아무도 모르게 조금 울었습니다. 당시에는 새벽 감성으로 치부했는데 아직까지 그때 기억이 유독 선연한 것을 보면 그것만은 아닌 것 같네요.

20살이 되면 해보고 싶은 게 참 많았습니다. 사실 졸업하고 나면 몇 년 만에 가족 여행을 갈 계획을 세웠었습니다. 옛날에 아빠와 술을 마시면서 만취했던 기억이 굉장히 즐거운 추억으로 남았던지라, 일본에 가서 이를 재현하겠노라, 저 혼자 일방적으로 계획을 세웠었죠.

술잔을 기울이면서 은근히 묻고 싶었습니다. 그때 무슨 생각으로 그런 전화를 한 건지.

저는 남들이 아는 '김현식'의 반에 반도 모르는지라, 그때 전부 알아보고 싶었습니다. 당신이 어떤 사람인지, 어떤 생각을 하고 있는지. 물론 계획은 보기 좋게 파투났네요. '인생은 타이밍'이라는 게 괜히 있는 소리가 아니었다는 걸 실감했습니다.

그럼에도 전 굉장히 운이 좋은 사람 같습니다. 김현식이라는 사람은 제가 생각하는 것보다 몇십 배는 더 열심히 살고, 더 멋있었던 사람이라 다행히도 당신의 생애를 기록해주는 사람이 너무나 많네요. 사방에서 쏟아지는 추모와 기록 덕에 본래 계획했던 '김현식 알아가기'는 다른 방식으로 이루고 있습니다.

아빠가 죽고 나서 깨달은 건데, 저한테 아빠에 관한 흔적이 몇 개도 남아 있질 않더군요. 메시지를 자주 한 것도 아니라 몇 년 동안 쌓인 메시지라고 해봐야 기껏 몇 통밖에 없고, 전화를 녹음하지도 않아 녹취록에는 아무런 기록도 없습니다. 그나마 몇 있는 메시지는 심지어 파일이 날아가 전부 삭제되어 버렸습니다.

다른 사람 같았으면 땅을 치고 안타까워할 일이죠. 저도 미련이 많이 남아 있습니다. 그렇지만, 다른 사람들보다 기릴 수 있는 방식을 배는 더 남겨두고 간 덕에 그렇게까지 허전하지는 않습니다. 당장 유튜브에 있는 한 시간짜리 <취중진담>을 끝까지 보려다 중간에 그만두길 몇십 번이니, 적어도 그걸 다 보는 데 성공할 때까지는 허전하지 않겠네요.

아빠의 나이가 적지 않았던 만큼, 또래보다 먼저 상을 치르게 될 수도 있겠다는 생각은 예전부터 해왔습니다. 그럼에도 워낙 건강한 사람이었기에 적어도 제가 서른이 되었을 때쯤일 거라 막연히 생각했는데 예상은 보기 좋게 빗나갔습니다. 남들이 아닌 제 시선으로 바라본 아빠를 더 알고 싶었다는 아쉬움이 남기는 하지만 이렇게까지 예상을 벗어나는 것조차 아빠답다며 이제는 그러려니 받아들이게 됩니다.

편지보다는 산문에 가까운 글이 되었네요. 원래도 구구절절 쓰는 편지는 싫어하기 때문에, 이렇게 된 거 부녀간의 편지는 프라이버시로 남겨두겠습니다. 할 말은 굳이 이곳에 쓰지 않아도 제 방식대로 다 전했고, 또 전하고 있는 것 같으니까요.

추신. 요즘 아빠 덕에 전화 통화를 녹음하는 버릇이 생겼어. 핸드폰 저장 공간이 부족해서 큰일이네.

그리운 이름들은 모두

구름 걸린 언덕에서

키 큰 미루나무로 살아갑니다.

바람이 불면 들리시나요.

그대 이름 나지막히 부르는 소리.

- 이외수 , 「구름 걸린 미루나무」 중에서

"그의 삶은 여기에서 멈추지만,

그의 이야기는 우리 안에서 계속됩니다."

김현식 유고집

B급을 사랑한 춘천의 간서치

1판 1쇄 발행	2026년 4월 21일

지은이	김현식
발행인	윤미소
발행처	(주)달아실출판사

책임편집	박제영
디자인	전부다
편집위원	김선순, 이나래
법률자문	김용진, 이종진

주소	강원도 춘천시 춘천로 257, 2층
전화	033-241-7661
팩스	033-241-7662
이메일	dalasilmoongo@naver.com
출판등록	2016년 12월 30일 제494호

ⓒ 김현식, 2026
ISBN 979-11-7207-094-6 03810